POUR LE MEILLEUR
ET POUR LE PIRE

M.C. BEATON

Agatha Raisin ENQUÊTE

POUR LE MEILLEUR ET POUR LE PIRE

roman

*Traduit de l'anglais
par Françoise du Sorbier*

ALBIN MICHEL

Ce livre est un ouvrage de fiction. Tous les personnages de ce livre ainsi que le village de Carsely sont des produits de l'imagination de l'auteur, au même titre que le sort de Boris Eltsine.

© Éditions Albin Michel, 2017
pour la traduction française

Édition originale anglaise parue sous le titre :
AGATHA RAISIN AND THE MURDEROUS MARRIAGE
© M. C. Beaton, 1996
Chez St Martin's Press, New York.
Tous droits réservés.
Toute reproduction totale ou partielle est interdite
sans l'accord préalable de l'éditeur.

*À ma sœur et à mon beau-frère,
Matilda et Laurent Grenier, de Québec,
avec ma tendresse.*

1

Le mariage d'Agatha Raisin et de James Lacey devait avoir lieu dans une semaine. Les habitants de Carsely, village des Cotswolds, étaient déçus qu'Agatha ne se marie pas à l'église du village, mais à la mairie de Mircester, et Mrs Bloxby, la femme du pasteur, était perplexe et meurtrie.

Agatha était seule à savoir qu'elle n'avait aucune preuve de la mort de son premier mari. Seule à savoir aussi qu'elle s'apprêtait peut-être à devenir bigame. Mais elle était follement amoureuse de son séduisant voisin, le beau James Lacey, et terrifiée à l'idée de le perdre si elle remettait le mariage à plus tard pour trouver la preuve désirée. Elle n'avait pas vu son ivrogne de mari, Jimmy Raisin, depuis des années. Il avait bien dû finir par mourir.

Elle avait choisi la mairie de Mircester parce que le préposé au bureau de l'état civil y était vieux, sourd et totalement dépourvu de curiosité. Les seules démarches exigées étaient des déclarations à faire et des formulaires à remplir, mais on ne lui demandait de fournir aucune preuve à l'appui, hormis son passeport, qui était toujours à son nom de jeune fille, Agatha Styles. La réception du mariage devait avoir lieu dans la salle des fêtes et presque tout le village y avait été invité.

Mais à l'insu d'Agatha, des forces hostiles conspiraient déjà contre elle. Dans un moment de rancœur vindicative, son ex-ami, le jeune Roy Silver, estimant qu'elle lui avait coupé l'herbe sous le pied lors d'une occasion en or de se mettre en avant, avait engagé un détective privé pour tenter de retrouver le mari de son ex-patronne. Roy avait jadis travaillé pour l'agence de relations publiques d'Agatha et était passé dans la société qui en avait racheté les parts quand elle avait pris une retraite anticipée. Roy aimait sans doute autant Agatha qu'il lui était possible d'aimer quelqu'un, mais quand elle avait résolu sa dernière affaire criminelle, il espérait en retirer une certaine publicité – après tout, il y avait été associé. Or elle l'avait ignoré ; les gens comme Roy éprouvent toujours le besoin de se venger.

Loin de se douter de ce qui se tramait, Agatha avait mis sa maison sur le marché et s'apprêtait à emménager, après le mariage, dans celle de James, juste à côté. De temps à autre, de petites pointes d'angoisse mettaient un bémol à son bonheur. Si James lui faisait l'amour, s'ils se trouvaient très souvent ensemble, elle avait l'impression de ne pas vraiment le connaître. C'était un colonel à la retraite, qui s'était installé dans un village des Cotswolds pour y écrire sur l'histoire militaire ; un homme distant, farouchement attaché à son pré carré. Ils parlaient des affaires criminelles qu'ils avaient résolues ensemble, de la politique, des gens du village, mais jamais de leurs sentiments l'un pour l'autre. Et James était un amant silencieux.

La cinquantaine passée, directe, parfois rugueuse, Agatha était issue d'un milieu pauvre et s'était hissée au rang de femme d'affaires prospère. Jusqu'au moment où elle avait pris sa retraite à Carsely, elle n'avait pas eu de véritables amis. Son travail était, pensait-elle à l'époque, le seul ami dont elle eût besoin. Et donc, malgré tout son bon sens et sa lucidité, lorsqu'il était question de James, elle était aveugle. Non seulement l'amour lui mettait un bandeau sur les yeux mais, comme elle n'avait jamais pu laisser quelqu'un s'approcher d'elle, elle pensait que cette absence de communication était peut-être normale.

Elle avait choisi comme tenue de mariage un tailleur en lainage blanc qu'elle porterait avec un chapeau de paille à large bord ombrageant son visage, un corsage vert en soie, des chaussures noires à talons, et elle accrocherait au revers de sa veste une branche fleurie en guise de bouquet de mariée. Il lui arrivait de regretter de ne plus être assez jeune pour se marier en blanc. Si seulement elle n'avait pas épousé Jimmy Raisin, elle aurait pu se marier à l'église. Elle essaya une fois de plus son tailleur de mariée et scruta son visage dans le miroir. Ses yeux d'ourse étaient trop petits, mais ils pouvaient être agrandis le jour J grâce à une application judicieuse de mascara et d'ombre à paupières. Il y avait aussi ces vilaines petites rides autour de sa bouche, et quand elle s'avisa avec horreur qu'un long poil poussait sur sa lèvre supérieure, elle saisit la pince à épiler et l'arracha. Après avoir ôté le précieux tailleur, elle passa une blouse et un pantalon et se tartina vigoureusement le visage de crème antirides.

Elle avait suivi un régime qui l'avait débarrassée de son double menton. Ses cheveux bruns, coupés au carré, à la Louise Brooks, avaient l'éclat de la santé.

La sonnette retentit. Elle étouffa un juron, essuya la crème antirides et alla ouvrir. Mrs Bloxby, la femme du pasteur, se tenait sur le seuil.

« Mais entrez donc ! » dit Agatha à contrecœur. Elle aimait bien Mrs Bloxby, mais à la seule vue de cette brave femme avec ses bons yeux et son visage flou, elle éprouva une bouffée de culpabilité. Mrs Bloxby avait demandé à Agatha ce qu'était devenu son mari et Agatha lui avait répondu que Jimmy était mort ; mais chaque fois qu'elle voyait la femme du pasteur, elle avait la pénible sensation que malgré son alcoolisme effréné quand il était jeune, Jimmy avait peut-être survécu malgré tout.

Roy Silver était face à l'enquêtrice qu'il avait engagée : une femme d'une trentaine d'années, du

nom de Iris Harris. Ms[1] Harris (pas madame, on est prié de ne pas faire de commentaire) était une féministe pure et dure, et Roy commençait à se demander si elle était compétente dans son travail ou si sa spécialité n'était pas plutôt de haranguer les clients sur les droits des femmes. Il fut donc stupéfait de l'entendre lui annoncer : « J'ai retrouvé Jimmy Raisin.
– Où ?
– Sous les arches du pont de Waterloo.
– Il faudrait que je le voie, déclara Roy. Il y est en ce moment ?
– Je ne crois pas qu'il en bouge, sauf pour acheter de l'alcool.
– Vous êtes sûre que c'est lui ? »
Iris le toisa d'un œil méprisant.
« Parce que je suis une femme, vous pensez que je ne sais pas faire mon travail. Parce que...
– Pitié ! J'irai le voir moi-même. Vous avez bien travaillé. Envoyez-moi votre note d'honoraires. »
Et il quitta prestement le bureau avant qu'elle ait pu continuer sa diatribe.
Le soir tombait quand Roy paya le taxi à la gare de Waterloo et se dirigea vers les arches du pont. C'est alors qu'il comprit la sottise qu'il avait faite en venant sans Iris. Il aurait au moins dû

---

1. Ms s'applique aux femmes qui n'acceptent pas les termes madame ou mademoiselle. (*Toutes les notes sont de la traductrice.*)

lui demander une description. Il avisa un jeune homme assis près de son carton d'emballage. Il paraissait à jeun, même si ses bras tatoués et sa tête rasée lui donnaient un aspect assez effrayant aux yeux de Roy.

« Vous connaissez un type qui s'appelle Jeremy Raisin ? risqua-t-il, soudain timide. La lumière avait presque disparu et il était face à un visage de Londres qu'il préférait ignorer : le monde des SDF, des alcoolos, des drogués.

Si le jeune type avait répondu par la négative, Roy aurait renoncé à son entreprise. Il eut soudain honte de son initiative indigne. Mais la bonne étoile d'Agatha était manifestement sur le déclin, car l'autre répondit par un laconique : « Par là, papa. »

Roy tourna le regard vers un coin obscur.

« Où ça ?

— Troisième carton à gauche. »

Roy se dirigea lentement vers le carton indiqué. Au premier abord, il le crut vide, mais en se penchant et en scrutant l'obscurité, il aperçut des reflets dans une paire d'yeux.

« Jimmy Raisin ?

— Oui, et alors ? C'est les services sociaux qui vous envoient ?

— Je suis un ami d'Agatha – Agatha Raisin. »

Il y eut un long silence, puis un gloussement asthmatique. « Aggie ? Je la croyais morte.

— Elle est tout ce qu'il y a de plus vivante. Elle

se marie mercredi prochain. Elle habite à Carsely, dans les Cotswolds. C'est elle qui vous croit mort. »

Il y eut des frôlements et des crissements à l'intérieur de l'énorme carton, dont Jimmy Raisin finit par émerger à quatre pattes avant de se mettre sur ses pieds en titubant. Même dans la pénombre, Roy vit qu'il était ravagé par l'alcool. Il était très sale et puait abominablement. Il avait le visage couvert de pustules enflammées et des cheveux longs, emmêlés et sales.

« Z'avez de la thune ? » demanda-t-il.

Roy fouilla dans la poche intérieure de sa veste, prit son portefeuille et en sortit un billet de vingt livres qu'il tendit à son interlocuteur. Là, il eut vraiment honte de lui. Agatha ne méritait pas cela. Personne ne méritait cela, pas même une salope finie comme elle.

« Bon, oubliez ce que j'ai dit. C'était une blague. » Roy prit ses jambes à son cou et détala.

Le lendemain matin, Agatha se réveilla dans le cottage de James, dans le lit de James, où elle s'étira et bâilla. Elle se tourna sur le côté et, s'appuyant sur un coude, regarda son fiancé. Ses épais cheveux noirs striés de gris étaient ébouriffés. Son visage séduisant était ferme et bronzé, et une fois de plus, Agatha sentit la morsure familière de l'inquiétude. Les hommes tels que James Lacey étaient destinés à d'autres femmes : des grandes bourgeoises de province, qui avaient des chiens et étaient capables de faire des gâteaux et des confitures pour la kermesse paroissiale en un tournemain. Les hommes comme lui n'étaient pas pour les Agatha Raisin de ce monde.

Elle aurait aimé le réveiller et refaire l'amour. Mais James ne faisait jamais l'amour le matin, pas après leur premier corps-à-corps triomphal. Sa vie était bien rangée, tirée au cordeau – comme ses émotions, se dit Agatha. Elle traversa la chambre pour aller dans la salle de bains, fit sa toilette, s'habilla et descendit l'escalier, puis resta indécise. C'était ici qu'elle allait vivre, entre les livres de la bibliothèque de James, les vieilles photos de son école et de ses régiments, ici, dans cette cuisine où régnait un ordre clinique et où aucune miette ne déparait les plans de travail immaculés, qu'elle préparerait les repas. Ou pas ? C'était toujours James qui se chargeait de faire la cuisine lorsqu'ils étaient ensemble. Elle avait le sentiment d'être une intruse.

Les parents de James étaient morts, mais elle avait rencontré à nouveau son élégante sœur et son mari agent de change. Ils ne semblaient ni approbateurs ni réprobateurs devant Agatha, même si celle-ci avait entendu la sœur déclarer à son mari : « Oh, tu sais, si c'est le choix de James, cela ne te regarde pas. Ça aurait pu être pire. Une bimbo sans cervelle. »

À quoi son mari avait répondu : « J'aurais mieux

compris qu'il choisisse une bimbo sans cervelle. »
Pas de quoi pavoiser, s'était dit Agatha.

Elle décida de retrouver la sécurité de sa propre maison. Quand elle se glissa chez elle, ses deux chats, Hodge et Boswell, lui firent un accueil délirant ; alors, elle promena autour d'elle un regard nostalgique. Elle avait pris les dispositions nécessaires pour mettre tous ses meubles, affaires et bibelots au garde-meubles, ne voulant pas encombrer le cottage si bien rangé de James, d'autant qu'il avait accepté de prendre ses chats chez lui. Maintenant, elle regrettait de ne pas avoir proposé qu'ils s'associent pour acheter une maison plus grande où elle aurait pu mettre certaines de ses affaires à elle. Vivre avec James serait un peu comme être perpétuellement l'invitée.

Elle donna à manger aux chats et leur ouvrit la porte de derrière pour qu'ils sortent dans le jardin. Il faisait un temps superbe, avec un grand ciel dégagé au-dessus des vertes collines des Cotswolds, et une petite brise légère.

Elle retourna dans la cuisine et se fit une tasse de café, tout en jetant un regard attendri au désordre que James ne tolérerait jamais. On sonna à la porte.

L'inspecteur Bill Wong se tenait sur le seuil, une grosse boîte dans les bras. « J'ai enfin pris le temps de vous trouver un cadeau de mariage, dit-il.

– Entrez, Bill, je viens de faire du café. »

Il la suivit dans la cuisine et posa la boîte sur la table. « Qu'est-ce que c'est ? » demanda Agatha.

Bill sourit, et ses yeux en amande se plissèrent. « Ouvrez et vous verrez. »

Agatha déchira l'emballage.

« Attention, avertit Bill. C'est fragile. »

L'objet était très lourd. Elle poussa un grognement d'effort tant elle eut du mal à le sortir, puis déchira le papier de soie scotché tout autour. Elle découvrit alors un énorme éléphant en porcelaine vert et or, d'un kitsch achevé, avec un gros trou dans le dos.

Abasourdie, Agatha le contempla. « Le trou sert à quoi ?

– À mettre les parapluies », annonça Bill triomphalement.

La première pensée d'Agatha fut que James allait détester cet objet.

« Alors ? » demanda Bill.

Elle se souvint avoir entendu dire un jour que Noel Coward était allé voir une pièce exécrable, et quand l'acteur principal lui avait demandé ce qu'il en pensait, il avait répondu : « Mon cher, les mots me manquent. »

« Vous n'auriez pas dû, Bill, dit-elle avec une chaleur non feinte. Cela semble très coûteux.

– C'est une antiquité, dit fièrement Bill. Époque victorienne. Pour vous, je ne pouvais pas faire les choses à moitié ! »

Les yeux d'Agatha s'emplirent soudain de larmes. Bill était le premier ami qu'elle s'était fait, une amitié nouée peu après son installation dans les Cotswolds.

« Je vais en prendre grand soin, annonça-t-elle d'un ton décidé. Mais il faut que je le mette soigneusement de côté parce que les déménageurs viennent demain pour mettre toutes mes affaires au garde-meubles.

– Mais vous n'avez pas besoin de l'emballer, dit Bill. Emmenez-le directement dans votre future maison.

– Mais où avais-je la tête ! » répondit Agatha sans conviction.

Elle versa du café à Bill.

« Prête pour le grand jour ?

– Fin prête.

– Ni doutes ni appréhensions ? » demanda-t-il avec un regard pénétrant.

Elle secoua la tête.

« Je ne vous ai jamais posé la question : de quoi est-il mort, votre mari ? »

Agatha se détourna et raccrocha un torchon. « Coma éthylique.

– Où est-il enterré ?

– Bill, ça n'a pas été un mariage heureux, c'était il y a longtemps et je préférerais oublier cet épisode de ma vie, d'accord ?

– D'accord. Tiens, on sonne. »

Agatha alla ouvrir. C'était Mrs Bloxby. Bill se leva pour prendre congé. « Il faut que j'y aille, Agatha. Je suis censé être de service.

– Des affaires intéressantes ?

– Aucun meurtre palpitant pour vous,

miss Marple ! Juste une série de cambriolages. Au revoir, Mrs Bloxby. C'est vous la demoiselle d'honneur d'Agatha ?

– J'ai ce privilège. »

Lorsque Bill fut parti, Agatha montra l'éléphant à la femme du pasteur. « Oh là là, dit celle-ci, cela fait des années que je n'avais pas vu un de ces trucs-là.

– James va le prendre en horreur.

– James devra s'y habituer, un point c'est tout. Bill est un bon ami. Si j'étais vous, j'y mettrais une plante verte, une de celles avec des branches qui retombent et de grandes feuilles. Cela en cacherait l'essentiel et Bill serait content de voir que vous avez détourné son cadeau à des fins aussi artistiques.

– Bonne idée, dit Agatha, rassérénée.

– Alors vous partez à Chypre, dans la partie turque, pour votre lune de miel ? Vous allez à l'hôtel ? Je me souviens qu'Alf et moi avions séjourné au Dôme, à Kyrenia.

– Non, nous avons loué une très jolie villa juste en dehors de Kyrenia et un peu en retrait de la route vers Nicosie. Ce devrait être un paradis.

– En fait, je suis venue vous aider à faire vos cartons, dit la femme du pasteur.

– Ce n'est pas la peine, mais merci quand même. J'ai retenu une de ces firmes de déménagement qui offrent un service clé en main.

– Alors je ne reste pas pour le café, dit

Mrs Bloxby. Il faut que je passe voir Mrs Boggle. Son arthrite la fait souffrir.

— Cette vieille sorcière ! On devrait l'euthanasier ! » grinça Agatha.

Mrs Bloxby tourna vers elle ses bons yeux et Agatha rougit avant d'ajouter : « Même vous, vous devez admettre que ce n'est pas un cadeau.

— C'est vrai qu'elle est un peu difficile, soupira Mrs Bloxby. Agatha, je ne voudrais pas insister, mais je suis un peu surprise que vous n'ayez pas souhaité vous marier dans notre église.

— Ça paraissait trop de tralala, un mariage à l'église, et je ne suis pas très portée sur la religion, vous le savez.

— Dommage, cela aurait été une jolie cérémonie. Enfin, on attend tous la réception avec impatience. Tout le monde y aurait participé, vous savez. Ce n'était pas la peine de dépenser tout cet argent pour avoir un traiteur.

— Je ne veux pas me compliquer la vie, dit Agatha.

— Enfin, c'est votre mariage. Est-ce que James vous a dit pourquoi il ne s'était jamais marié ?

— Non, parce que je ne le lui ai pas demandé.

— Je me posais juste la question. Avez-vous besoin de quelque chose ? Je vais à l'épicerie du village.

— Non, merci, je crois que j'ai tout ce qu'il me faut. »

Après le départ de Mrs Bloxby, Agatha se

demanda si elle allait retourner chez James et préparer le petit déjeuner comme une bonne épouse. Mais James faisait toujours le petit déjeuner lui-même. Elle l'adorait, aurait aimé être avec lui à chaque minute de la journée, mais elle redoutait de dire ou faire quelque chose qui le dissuaderait de l'épouser.

Le lendemain, le beau temps avait disparu et la pluie gouttait du toit de chaume d'Agatha. Elle passa la journée à superviser la mise en cartons. Puis Doris Simpson, sa femme de ménage, vint en fin d'après-midi pour l'aider à nettoyer après le départ des déménageurs. L'éléphant de Bill était posé à côté de la porte de la cuisine.

« Dites donc, ça c'est une belle pièce. Qui est-ce qui vous a fait ce cadeau ?
— Bill Wong.
— Il a bon goût, y a pas à tortiller. Alors vous l'épousez, notre Mr Lacey ? C'est pas trop tôt. On le prenait tous pour un célibataire endurci. Mais comme je dis toujours : "Quand notre Agatha veut quelque chose, elle lâche pas le morceau."
— Nous dînons dehors, alors je vous laisse », dit Agatha, à qui l'allusion qu'elle avait forcé la main à James avait déplu.

Ce soir-là, ils avaient choisi pour dîner un nouveau restaurant à Chipping Campden. Ils découvrirent que c'était en fait l'un de ces établissements qui misent sur une carte sophistiquée pour masquer la médiocrité de la cuisine, car ce qu'il y avait dans leurs assiettes était quelconque et sans goût. Agatha avait commandé un « caneton grillé sur lit de roquette chaude, sauce au cognac et à l'orange, avec sa garniture de pommes sautées, petits pois du jardin et carottes nouvelles caramélisées ».

James avait choisi l'« entrecôte de bœuf d'Angus noir premier choix élevé sur les riches herbages des vertes collines d'Écosse, servie avec sa garniture de pommes duchesse et de légumes bio de notre potager ».

Le canard d'Agatha avait la peau dure et très peu de chair sur les os. James trouva son steak cartilagineux et il déclara non sans aigreur qu'il se demandait comment le potager du restaurant pouvait produire des petits pois surgelés d'un vert aussi vif.

Le vin, un chardonnay, était sans corps et acide.

« On devrait renoncer à aller au restaurant, dit James d'un air sombre.

– Je nous préparerai un bon dîner demain, dit Agatha.

– Ah oui, encore un de tes repas micro-ondes ? »

Agatha regarda son assiette d'un œil furibond. Elle avait encore la faiblesse de croire que si elle passait un repas surgelé au micro-ondes et cachait l'emballage, James croirait qu'elle l'avait préparé elle-même. Brusquement, elle leva les yeux vers lui.

Assis en face d'elle, il poussait la nourriture sur son assiette d'un air morose. « Tu m'aimes, James ?
— Je t'épouse, non ?
— Oui, je sais, James, mais jamais nous ne parlons de nos sentiments. Je trouve que nous devrions communiquer davantage.
— Voilà ce que c'est de trop regarder Oprah Winfrey. C'est gentil de m'en parler, Agatha. Je ne suis pas de ces gens qui sont intarissables sur leur "ressenti", et je n'en vois pas l'intérêt. Maintenant, si je demandais l'addition pour qu'on rentre manger un sandwich à la maison ? »
Agatha fut si accablée qu'elle n'eut même pas le cœur de se plaindre de la nourriture. Pendant le trajet de retour, il conduisit sans mot dire, et elle eut l'impression d'avoir un bloc de glace dans l'estomac. Et s'il s'était lassé d'elle ?
Pourtant ce soir-là, il lui fit l'amour avec son ardeur silencieuse habituelle et elle se sentit rassurée. On ne pouvait pas changer les gens. James l'épousait et rien d'autre ne comptait.

Les nuages de pluie refluèrent le jour du mariage d'Agatha. Le soleil fit étinceler les flaques. Les roses battues par la pluie dans son jardin dégageaient un parfum capiteux. Doris Simpson lui avait promis de s'occuper de ses chats pendant sa lune de miel. Son cottage était vide à présent. Seuls ses vêtements et l'éléphant avaient été transférés chez James.
Le matin du grand jour, Agatha s'assit à sa coif-

feuse pour se maquiller et essuya l'excédent de crème, une formule antirides toute nouvelle qu'elle avait généreusement appliquée. Elle découvrit alors son reflet avec horreur. Une éruption de boutons couvrait son visage devenu rouge vif. Elle se hâta de le baigner d'eau froide, mais la rougeur persista.

Quand Mrs Bloxby arriva, elle trouva Agatha presque en larmes. « J'ai essayé ce nouvel antirides "Jeunesse instantanée", et voyez le résultat !

– L'heure tourne, Agatha, dit Mrs Bloxby, inquiète. Vous n'avez pas un fond de teint couvrant qui masquerait tout ça ? »

Agatha trouva un vieux tube de fond de teint compact et en étala une couche épaisse sur son visage. On voyait nettement la démarcation entre la fin de son menton et le début de son cou, aussi se passa-t-elle du produit sur le cou également, puis une couche de poudre. Elle appliqua ensuite l'ombre à paupières, le blush et le mascara. On aurait dit qu'elle portait un masque et, en se voyant, elle poussa un gémissement. Mais Mrs Bloxby, qui regardait par la fenêtre, annonça l'arrivée de la Mercedes qui devait conduire Agatha à Mircester.

Il commence bien, le plus beau jour de ma vie, se dit tristement Agatha.

Il faisait beau, mais au moment où elle montait dans la limousine, le vent qui soufflait en bourrasques lui arracha son chapeau, qu'il envoya rouler le long de la rue jusqu'à une flaque boueuse où il s'immobilisa.

« Seigneur, gémit Mrs Bloxby. Vous n'en avez pas d'autre ?

— Je m'en passerai », déclara Agatha, qui lutta contre une brusque envie de pleurer.

Elle avait l'impression que tout se liguait soudain contre elle. Et elle n'osait pas donner libre cours à ses larmes, de peur qu'elles ne creusent des rigoles dans son masque de fond de teint.

Mrs Bloxby renonça à faire la conversation pendant le trajet pour Mircester. La future épousée fut anormalement silencieuse.

Mais le moral d'Agatha remonta en flèche quand elles arrivèrent en vue du bureau de l'état civil et aperçurent James devant le bâtiment, en train de parler avec sa sœur et Bill Wong. Roy Silver était là aussi, qui se sentait très vertueux puisqu'il n'avait rien fait pour compromettre le mariage d'Agatha. Du moins s'en persuadait-il. Si Jimmy Raisin n'était pas mort, il le serait bientôt. Peut-être avait-il glissé à Jimmy qu'Agatha se mariait et habitait à Carsely, mais imbibé comme il l'était, Jimmy n'avait pu en enregistrer un seul mot, Roy en était certain.

Aussi tout le monde entra-t-il dans le bureau de l'état civil, les membres de la famille de James et, du côté d'Agatha, les membres de la Société des dames de Carsely.

Mrs Bloxby sortit une boutonnière de fleurs de sa boîte et l'agrafa au revers de la veste blanche d'Agatha. Elle remarqua que son col avait été taché par le fond de teint, mais elle préféra s'abstenir de le lui dire, Agatha était déjà bien assez contrariée par son apparence.

Fred Griggs, l'agent de police du village, avait cette particularité qu'il préférait arpenter les rues plutôt que patrouiller au volant de la voiture de police. Il regarda d'un œil réprobateur l'inconnu à la démarche incertaine qui entrait dans le village par la route du nord.

« Comment vous appelez-vous et qu'est-ce qui vous amène ici ? demanda-t-il.

– Jimmy Raisin », dit le nouveau venu.

Pour la première fois depuis des semaines, Jimmy était à jeun. Il avait pris un bain et s'était rasé dans un refuge de l'Armée du salut, puis avait récolté en mendiant assez d'argent pour prendre l'autobus jusqu'aux Cotswolds. L'Armée du salut lui avait également donné une paire de chaussures et un costume corrects.

« Vous êtes un parent de Mrs Raisin ? » s'enquit Fred, donc le visage gras se plissa en un aimable sourire.

« Son mari », dit Jimmy. Il promena son regard sur le paisible village, les maisons bien tenues, et poussa un léger soupir de satisfaction. Son seul motif en recherchant sa femme était de se trouver un domicile confortable pour s'y soûler tranquillement jusqu'à ce que mort s'ensuive.

« Ce n'est pas possible, dit l'agent, dont le sourire s'effaça. Notre Mrs Raisin se marie aujourd'hui. »

Jimmy tira de sa poche un papier sale et fatigué, son extrait d'acte de mariage qu'il avait conservé, Dieu sait pourquoi, pendant toutes ces années, et le tendit en silence à l'agent.

Horrifié, Fred s'exclama : « Il faut absolument que j'arrête la cérémonie. Bon sang ! Attendez-moi ici. Je vais chercher la voiture. »

L'officier de l'état civil n'arriva pas jusqu'à la formule déclarant James et Agatha mari et femme. On entendit un brouhaha au fond de la salle, puis une voix cria : « Arrêtez ! »

Agatha se tourna lentement. Elle reconnut Fred Griggs, mais il était accompagné d'un homme qu'elle n'identifia pas. Même si Jimmy était probablement soûl quand elle l'avait quitté, c'était à l'époque un bel homme aux épais cheveux noirs et bouclés. Le personnage qui se tenait à côté de Fred avait des cheveux gris et gras, un visage bouffi, un nez rouge, et des épaules maigres et voûtées. En fait, sa charpente semblait trop frêle pour soutenir l'énorme bedaine qui dégoulinait par-dessus la ceinture de son pantalon.

Fred s'approcha d'Agatha à grandes enjambées. Il avait prévu de la prendre à part et de lui annoncer la nouvelle avec ménagement, mais son visage horrifié le désarçonna et il bafouilla devant tout le monde : « Votre mari est ici, Agatha. Jimmy Raisin ici présent. »

Agatha promena autour d'elle un regard hébété. « Il est mort. Jimmy est mort. De quoi parle Fred ?

– C'est moi, Aggie, ton mari », dit Jimmy en lui brandissant son extrait d'acte de mariage sous le nez.

Agatha sentit à côté d'elle James Lacey se raidir sous le choc.

Elle posa de nouveau les yeux sur Jimmy Raisin et, malgré le ravage des années, elle vit une vague ressemblance entre cet homme et le mari qu'elle avait connu autrefois.

« Comment m'as-tu retrouvée ? » demanda-t-elle d'une voix faible.

Jimmy se retourna. « C'est lui, là, dit-il en agitant son pouce vers Roy. Il est venu me chercher sous le pont, si tu veux savoir. »

Roy poussa un petit cri d'effroi, tourna les talons et fila sans demander son reste.

L'une des tantes de James, une grande asperge à la voix qui portait, articula clairement : « Vraiment, James ! Avoir évité le mariage pendant toutes ces années et te mettre dans un pétrin pareil ! »

Alors, Agatha craqua. Elle posa sur son mari un regard haineux de ses petits yeux d'ourse et hurla : « Espèce de salaud, je vais te tuer. »

Elle voulut lui agripper le cou, mais Bill Wong la tira en arrière.

La voix de James Lacey fendit les exclamations scandalisées des parents et des invités : « Emmenez-nous dans une autre pièce », dit-il à l'officier de l'état civil, qui était resté bouche bée. Il passa fermement la main sous le bras d'Agatha pour qu'elle lui emboîte le pas. Bill Wong ferma la marche, escortant Jimmy Raisin.

Lorsqu'ils furent tous assis dans une antichambre poussiéreuse, James annonça d'une voix lasse : « Bien entendu, le mariage doit être suspendu.

— Bien entendu, dit Bill. Tant qu'Agatha n'aura pas obtenu le divorce.

— Qu'elle divorce si elle veut, dit James brutalement, ce n'est pas pour autant que je l'épouserai. Tu m'as menti, Agatha. Tu m'as couvert de honte et je ne te le pardonnerai jamais. Jamais ! »

Il se tourna vers Bill : « À vous de démêler ce sac de nœuds. Sans moi. Je n'ai plus rien à faire ici.

— J'avais peur de te perdre », balbutia Agatha, mais pour toute réponse, James claqua la porte.

« Oui, mais tu m'as toujours, moi, dit Jimmy avec un regard de biais.

— Vous n'avez aucun droit sur elle, intervint Bill Wong. Je vous suggère de prendre un avocat, Agatha, et de demander une injonction pour empêcher votre mari de vous approcher.

— T'as bien réussi dans la vie, Aggie, dit Jimmy d'un ton geignard. Si tu me donnais un peu de fric pour que je mette les voiles ? »

Agatha ouvrit d'un geste brusque la boucle de son sac Gucci, sortit son portefeuille, y prit une poignée de billets qu'elle lui tendit. « Et que je ne te revoie plus ! » glapit-elle.

Jimmy sourit et fourra l'argent dans une poche.

« Un petit bisou, maintenant », dit-il.

Bill le propulsa *manu militari* jusqu'à la porte et le poussa dehors, puis il revint vers Agatha.

« Ah mais, monsieur l'inspecteur, dit l'officier d'état civil, je vous demande de le ramener comme témoin. Il me semble que Mrs Raisin ici présente devrait être inculpée de tentative de bigamie.

– Il y a eu un malentendu, déclara Bill, et voici comment les choses se sont passées. J'étais présent lorsqu'il y a un an, Mrs Raisin a reçu une lettre d'une vieille amie à Londres lui annonçant que Jimmy était mort. Vrai ou faux, Agatha ? »

Malgré son désespoir, Agatha comprit qu'il lui tendait une perche et elle opina en silence.

« Alors, vous voyez bien qu'il n'y avait pas préméditation de bigamie. Mrs Raisin a reçu un choc grave. Je suggère que nous rentrions tous chez nous.

– Eh bien, je sais que vous êtes un policier respecté à Mircester, dit l'officier d'état civil, aussi j'en resterai là. »

Agatha rentra chez elle. La maison était vide, hormis l'éléphant en porcelaine de Bill et sa valise de vêtements. James avait la clé de son cottage. Il devait avoir transporté toutes ses affaires et les avoir déposées là. Elle avait demandé à Mrs Bloxby de dire aux invités du village qu'ils n'avaient qu'à se réunir entre eux pour un pot à la place de la réception prévue. Elle téléphona aux déménageurs pour leur demander de lui rapporter ses meubles et ses affaires. Ils lui répondirent que cela ne pouvait se faire le jour-même, mais elle les incendia avec une telle virulence et leur offrit une somme si conséquente qu'ils acceptèrent.

Assise sur le carrelage de la cuisine vide, Agatha serra l'éléphant de porcelaine contre elle et laissa couler ses larmes, qui ravinèrent son maquillage. Elle eut vaguement conscience que le temps s'était dégradé et que la pluie gouttait du toit de chaume. Ses chats, assis côte à côte, la dévisageaient avec curiosité.

La sonnette retentit. Elle n'avait pas envie de répondre, mais elle entendit la voix pressante de la femme du pasteur : « Agatha, ça va ? Agatha ? »

Elle sortit un mouchoir, se frotta le visage et alla ouvrir.

« Où est James ? demanda-t-elle.

— Parti. Sa voiture n'est plus là et il a laissé ses clés à Fred Griggs.

— Parti où ?

— Il a dit à Fred qu'il comptait aller à l'étranger et qu'il ne savait pas quand il rentrerait.

— C'est le bouquet ! dit Agatha, dont la voix se brisa en un sanglot. Si je le tenais, je l'étranglerais !

— James ?

— Non. Jimmy Raisin. L'immonde pochard ! La première chose sensée que j'ai faite dans ma vie, c'est de le plaquer.

— Eh bien moi, à votre place, j'aurais plutôt envie d'étrangler Roy Silver, dit Mrs Bloxby d'un ton pensif. Mais vous vous rendez compte, si cette nouvelle avait été connue après votre mariage, le désastre aurait été encore pire.

– Allez savoir, répondit Agatha, abattue. Peut-être qu'alors, James m'aurait aimée assez pour prendre ma défense. »

Mrs Bloxby se tut. Elle trouvait qu'Agatha avait mal agi, mais comprenait ses motivations. Et James Lacey aurait dû la soutenir. Les célibataires endurcis vous donnaient toujours du fil à retordre. Pauvre Agatha.

Mrs Bloxby et Agatha s'assirent par terre à côté de l'éléphant. La sonnette retentit à nouveau.

« Je ne veux voir personne, dites aux gens de s'en aller », déclara Agatha.

Mrs Bloxby se leva. Agatha entendit un murmure indistinct, puis la porte d'entrée qui se fermait et Mrs Bloxby qui revenait.

« C'était Alf, annonça-t-elle, désignant ainsi son mari, le pasteur. Il voulait vous offrir un réconfort spirituel, mais je lui ai dit que ce n'était pas le moment. Qu'est-ce que vous allez faire maintenant ?

– Je ne sais pas, dit Agatha d'une voix lasse. Retirer cette maison du marché. Réinstaller mes affaires et partir quelque part jusqu'à ce que j'aie le courage d'affronter de nouveau le village.

– Vous n'êtes vraiment pas obligée de prendre la fuite, Agatha. Vos amis sont tous ici.

– Vous allez encore me faire pleurer si vous continuez ! J'aimerais être seule un moment. Soyez gentille de faire passer le mot que je ne veux voir personne. »

Mrs Bloxby l'étreignit brièvement et s'en fut. Agatha resta par terre à côté de l'éléphant, à regarder dans le vide. Trois heures plus tard, quand les déménageurs arrivèrent, elle se secoua et alla leur ouvrir. Elle signa un énorme chèque, leur donna un généreux pourboire puis prit sa voiture pour aller à la station-service ouverte vingt-quatre heures sur vingt-quatre à Fosse Way, juste à l'extérieur de Moreton-in-Marsh, et y acheter de quoi manger.

Elle hésita à aller chez Thresher, le magasin de vins et spiritueux de Moreton, pour y prendre une bouteille quelconque et se soûler, mais les émotions et la détresse l'avaient brisée, elle s'en rendit compte brusquement. Elle rentra chez elle, se fit couler un bain et se coucha pour plonger dans un sommeil peuplé de cauchemars.

Elle se réveilla à cinq heures du matin, certaine que le sommeil ne reviendrait pas. Elle avait l'impression d'être comme ce personnage de *Ruddigore*[1] qui se réjouissait de voir la fin d'une nuit affreuse. Elle décida d'aller faire une longue promenade ; peut-être pourrait-elle se fatiguer assez pour pouvoir se rendormir, afin d'évacuer quelque peu son chagrin.

Carsely était silencieux sous la lumière grise d'une

---

1. *Ruddigore, ou La Malédiction de la sorcière* (1887), est un opéra comique de Gilbert et Sullivan.

aube détrempée. La pluie avait cessé et l'air était froid. Le village s'étirait le long d'une grand-rue d'où partaient de petites ruelles sinueuses, comme Lilac Lane, où habitait Agatha. En l'absence de toute circulation, Carsely devait avoir à peu près le même aspect qu'un siècle plus tôt, avec ses cottages au toit de chaume nichés à l'ombre de la tour carrée de l'église romane. Agatha pressa le pas et attaqua la montée de la colline. Elle était encore incapable de penser à James Lacey ou de se demander ce qu'il faisait. À mesure qu'elle avançait, elle avait l'impression de laisser un peu de sa détresse et de son chagrin derrière elle.

Mais le cauchemar n'était pas près de se terminer, semblait-il. Car Jimmy Raisin surgit devant elle, descendant la route. Manifestement ivre, il titubait et parlait tout seul ; une bouteille d'un coûteux whisky sortait de sa poche.

Agatha tourna les talons et se mit en devoir de le fuir. Il commença à courir pour la rejoindre, chancelant et traînant les pieds. « Viens là, Aggie ! hurla-t-il. Je suis ton mari ! »

Elle s'arrêta net et se tourna pour lui faire face. Elle eut l'impression qu'une brume rouge l'entourait. Elle ne vit même pas Harry Symes, l'un des ouvriers agricoles, qui montait la côte sur son tracteur.

Quand Jimmy arriva à sa hauteur, elle le gifla à toute volée, si violemment que le diamant de sa bague de fiançailles lui entailla la lèvre. Alors, de toutes ses forces, elle le poussa dans le fossé. « Crève ! » cria-t-elle d'une voix haletante. Après quoi, elle redescendit la colline à toute vitesse.

Une heure plus tard, la police sonnait à sa porte et on l'inculpait du meurtre de Jimmy Raisin.

2

Le divisionnaire Wilkes, l'inspecteur Bill Wong et l'officier de police Maddie Hurd suivirent Agatha dans son salon.

La présence de Bill rassura Agatha. Elle connaissait déjà Wilkes, mais Maddie Hurd, une jeune femme au visage dur et aux yeux gris et froids, était une tête nouvelle pour elle.

« Nous devons vous demander de nous accompagner au commissariat », dit Wilkes lorsque l'inculpation eut été lue.

Elle retrouva sa voix : « Jimmy ne peut pas être mort. Je lui ai donné une gifle et l'ai poussé dans le fossé. Ne me dites pas qu'il a heurté quelque chose et s'est cassé le cou ? »

Une lueur de surprise brilla dans les yeux sombres de Wilkes, mais il se borna à dire : « Nous verrons tout ça au commissariat. »

Brusquement, elle eut une envie éperdue de voir apparaître James Lacey, non qu'elle l'aimât encore, mais parce qu'il aurait pris la direction des opérations avec son habituel bon sens bourru. Jamais elle ne s'était sentie aussi seule. « Allez, venez, Agatha », dit Bill Wong.

« Je ne crois pas que l'inspecteur Wong devrait participer à cette enquête, puisqu'il est à l'évidence un ami de l'accusée », dit Maddie Hurd. Agatha lui jeta un regard haineux.

« Plus tard », lança sèchement Wilkes.

Un petit groupe de villageois s'était assemblé devant chez Agatha. Elle se demanda avec accablement si elle pouvait encore faire quelque chose qui la diminue davantage dans l'estime des gens : d'abord, tentative de bigamie, et maintenant, assassinat.

Au commissariat de Mircester, elle fut conduite dans une salle d'interrogatoire, le magnétophone fut mis en route et Wilkes commença à l'interroger, flanqué d'un autre inspecteur-chef, Bill Wong ayant disparu.

Agatha rassembla tous ses esprits et déclara qu'elle était partie se promener de bonne heure car elle n'arrivait pas à dormir. Elle avait vu Jimmy s'approcher d'elle. Il était ivre. Il l'avait poursuivie en courant. Elle s'était mise en colère et l'avait giflé. Puis elle l'avait poussé dans le fossé et lui avait crié dessus. Oui, elle avait dû lui crier qu'elle souhaitait qu'il crève. S'il s'était cogné la tête, elle était désolée, elle n'avait pas eu l'intention de le tuer.

Tout cela semblait simple et clair à Agatha, mais

on lui fit reprendre son histoire dans tous les sens à plusieurs reprises. Son courage lui revenant, elle demanda un avocat, et fut conduite dans une cellule en attendant l'arrivée de celui-ci.

L'avocat était un homme âgé à qui Agatha s'était adressée quelques mois auparavant pour faire son testament, par lequel elle léguait tous ses biens à James Lacey. Il avait été très gentil et paternel à cette occasion, le parfait avocat comme on en voit au cinéma : épais cheveux gris, lunettes à monture dorée et costume anthracite. Aujourd'hui, il aurait à l'évidence tout donné pour ne pas se trouver dans cette salle d'interrogatoire avec Agatha Raisin.

Les questions recommencèrent. « Qu'est-ce que je peux vous dire de plus ! lança soudain Agatha, furieuse. Vous n'arriverez pas à me prendre en défaut, parce que je vous dis toute la vérité et rien que la vérité.

— Calmez-vous, chère madame, intervint maître Times, l'avocat, pour la raisonner.

— Oh vous, depuis votre arrivée, vous n'êtes bon qu'à me jeter des regards torves comme si j'étais une deuxième lady Macbeth. »

On frappa. Wilkes aboya : « Entrez. » Bill Wong passa la tête dans l'entrebâillement de la porte. « Je peux vous dire un mot, monsieur le divisionnaire ? C'est très urgent. »

Wilkes éteignit le magnétophone et sortit.

Son accès de colère avait laissé Agatha faible et sonnée. Les apparences étaient contre elle.

Elle avait agressé Jimmy devant tout le monde au bureau de l'état civil et Harry Symes l'avait vue s'en prendre encore à lui le matin même. Elle n'était pas libre et ne pouvait pas découvrir qui avait vraiment commis le meurtre si la mort de Jimmy ne s'avérait pas accidentelle. Qui pouvait-on soupçonner d'autre ? Qui d'autre pouvait vouloir la mort d'un poivrot qui vivait d'habitude dans un carton d'emballage à Waterloo ? Il n'y avait qu'Agatha Raisin.

Wilkes revint dans la pièce, le visage fermé. Il s'assit à nouveau, mais sans rallumer le magnétophone.

« Où est James Lacey ? demanda-t-il.

– Aucune idée, répondit Agatha. Pourquoi ?

– Il ne vous a pas dit où il allait ?

– Non. Pourquoi ?

– Je retire l'inculpation contre vous, Mrs Raisin, faute de preuves suffisantes, mais je dois vous demander de ne pas quitter le territoire national.

– Que s'est-il passé ? demanda-t-elle en se levant. Et pourquoi voulez-vous voir James ? »

Wilkes feuilleta les papiers devant lui. « Ce sera tout, Mrs Raisin.

– Allez tous vous faire voir ! » lança Agatha, dont la colère flamba de nouveau.

Son avocat la suivit hors de la pièce.

« Si vous avez à nouveau besoin de mes services…, commença-t-il.

– Dans ce cas-là, je me trouverai un avocat

compétent », gronda Agatha, avant de sortir du commissariat à grandes enjambées.

On ne lui avait même pas proposé de la raccompagner en voiture. Elle était censée faire quoi ? Marcher ?

« Vous avez besoin d'un remontant », dit une voix à son oreille. En se retournant, elle vit Bill Wong. « Allez, venez, Agatha, insista-t-il. Je n'ai pas beaucoup de temps. »

Ils traversèrent la place principale à l'ombre de l'abbaye et entrèrent au George. Bill alla chercher au bar un gin tonic pour Agatha et une demi-pinte de bière pour lui. Ils s'installèrent à une table de coin.

« Voilà ce qui s'est passé, dit rapidement Bill. D'après les premières conclusions du légiste, Jimmy Raisin a été étranglé avec une cravate en soie. On l'a retrouvée dans un champ un peu plus bas sur la route. Des traces de pas différentes des vôtres ont été découvertes près du corps, celles d'un homme. Donc les recherches s'orientent vers James Lacey.

– Quoi ! » Agatha darda un œil noir sur Bill. « La police savait depuis tout ce temps que Jimmy avait été étranglé et on m'a laissé croire que j'étais peut-être responsable s'il s'était fracassé le crâne ? J'ai une sérieuse envie de porter plainte. Quant à James ! James, assassiner mon mari ? JAMES ! Croyez-moi, mon ex doit trouver cette affaire si vulgaire et si déplaisante que tout ce qu'il désire, c'est mettre le plus grand nombre de kilomètres entre nous. Alors, je ne le vois vraiment pas rôder autour du village pour assassiner Jimmy. Pour ça, il faut de la fureur et de la passion, et pour éprouver des sentiments aussi intenses, encore aurait-il fallu qu'il soit amoureux de moi !

— Allons, Agatha. Il a eu un sacré choc.

— S'il m'aimait, il aurait pris ma défense. Et vous savez ce que j'éprouve pour lui maintenant ? Rien. Que dalle !

— Ou bien vous êtes encore sous le choc, ou vous ne l'aimiez pas tant que ça vous-même.

— Qu'est-ce que vous en savez ? Vous êtes trop jeune. » Bill devait avoir vingt-cinq ans.

« J'en sais plus que vous ne le croyez, dit-il d'un ton pensif. Je crois que je suis tombé amoureux.

— Ah bon ? » demanda Agatha, momentanément distraite de ses propres soucis. « Et de qui ?

— De Maddie Hurd.

— La nana à la face de serpe ?

— Ah, mais il ne faut pas parler d'elle comme ça, Agatha. Maddie est rapide, intelligente, et... et... je crois que je ne la laisse pas indifférente.

— Oh, ma foi, chacun ses sales goûts, comme on dit chez nous. Mais si la police croit que c'est James le coupable, elle perd son temps. Dites-moi, si Harry Symes m'a vue, il n'a aperçu personne d'autre sur la route ? »

Bill secoua la tête. « Il faut que je rentre, dit-il. Je vous appelle dès que j'ai du nouveau. »

Agatha hésita à lui demander de la raccompagner à Carsely, mais il lui sembla qu'elle avait eu sa dose de police pour la journée, et alla prendre un taxi à la station de la place. Bill regagna le commissariat, où Maddie l'attendait.

« Tu lui as soutiré quelque chose à propos de Lacey ? » lui demanda-t-elle avidement.

Bill lui rapporta ce qu'avait dit Agatha, et se sentit aussitôt coupable, car Maddie l'avait envoyé auprès d'elle pour essayer de lui tirer les vers du nez.

« Elle a confiance en toi, avait dit Maddie. Sois présent.

– Tu es libre ce soir ? avait-il demandé, plein d'espoir. On pourrait aller voir un film ?

– Pas ce soir, Bill. J'ai trop à faire. Et tu voudras être là quand ils amèneront Lacey, non ?

– Bien sûr », répondit Bill, renonçant à son rêve de sièges au dernier rang où il pourrait enlacer Maddie.

Il n'y avait qu'une bonne chose dans tout ça, se dit Agatha avec lassitude en payant le taxi : pour aujourd'hui, la coupe était pleine. Mais voilà qu'en se retournant, elle tomba nez-à-nez avec une grosse femme au style délibérément sport-et-campagne debout près de sa grille.

« Vous m'avez oubliée, Mrs Raisin, lança-t-elle. Je suis Mrs Hardy, vous m'avez vendu cette maison et je suis très contrariée de voir que vos affaires sont encore là.

— Je sais que nous avons signé les papiers et fait toutes les démarches, mais j'ai prévenu l'agence que mon cottage n'était plus à vendre, dit Agatha, atterrée.

— Vous avez accepté mon argent. La maison est à moi !

— Mrs Hardy, plaida Agatha, essayons de nous entendre. Je vous propose de vous la racheter à un meilleur prix.

— Non. Cet endroit me convient. J'emménage demain soir. Sortez toutes vos affaires de là ou je vous fais un procès. »

Agatha la bouscula pour passer, ouvrit sa porte et traversa d'un pas lourd la maison pour gagner la cuisine. Comment avait-elle pu croire, elle qui se targuait d'être une femme d'affaires avisée, que parce qu'elle avait dit à l'agence que sa maison n'était plus à vendre, il lui suffirait de faire un virement du montant de la vente à Mrs Hardy ?

Après un coup d'œil à la pendule, elle téléphona aux déménageurs et leur demanda de venir le lendemain matin vider la maison et mettre ses affaires au garde-meubles. Puis elle se rendit au Red Lion, elle savait qu'on y louait souvent des chambres aux vacanciers. Mais le propriétaire du pub, John Fletcher, l'œil fuyant, marmonna qu'il était complet. Personne dans le pub ne semblait vouloir lui adresser la parole.

Agatha sortit en laissant sa consommation intacte sur le comptoir. Elle n'avait plus rien à faire à Carsely. Il ne lui restait plus qu'à embarquer ses chats et à retourner à Londres et à son anonymat en attendant la mort. Elle réconfortait son âme meurtrie avec ce genre de pensées sinistres quand elle tourna dans Lilac Lane.

Son cœur se mit à cogner.

James Lacey descendait de sa voiture devant son propre cottage. Il alla vers le coffre et en sortit deux grosses valises. Alors, il dut sentir un regard sur lui, car ses épaules se raidirent. Il posa ses valises et se retourna.

Une Agatha très lasse s'avança. L'éruption de boutons avait disparu, et son visage était maintenant d'une pâleur inquiétante, ses yeux cernés de violet.

« Ils t'ont retrouvé où ? demanda-t-elle.

— Je n'étais pas parti bien loin. J'ai passé la nuit au Wold Hotel, à Mircester, et j'étais presque arrivé à Oxford quand une voiture de police m'a intercepté. Ils n'ont pas pu me retenir. Trop de gens pouvaient témoigner que je me trouvais loin de Carsely au moment du meurtre. Comment va Mrs Bloxby ?

— Bien, j'imagine, dit Agatha, surprise. Pourquoi ?

— Parce que c'est elle qui a découvert le corps.

— Quoi ?

— On ne te l'a pas dit ? »

– On ne m'a rien dit du tout, oui ! On m'a accusée de meurtre et posé cent fois les mêmes questions, mais on ne m'a pas dit comment Jimmy avait été tué ni qui l'avait trouvé. Ces enfoirés m'ont laissé croire que tout était ma faute, qu'il s'était cassé le cou ou autre chose en tombant. Et puis on m'a annoncé que les poursuites étaient suspendues parce que Jimmy avait été étranglé avec une cravate en soie, et qu'on avait trouvé des empreintes de chaussures d'homme près du corps. »

Il y eut un silence, puis James demanda : « Est-ce que les journalistes te harcèlent ?

– Par miracle, non.

– J'imagine qu'ils vont envahir le village demain.

– C'est le cadet de mes soucis, soupira-t-elle. Il faut que je parte. J'ai vendu ma maison à une certaine Mrs Hardy et, comme une imbécile, je croyais pouvoir annuler la vente. Mais elle emménage demain et je me retrouve à la porte. Je suis allée au Red Lion pour voir si je pouvais y prendre une chambre, mais à ce que je vois, je suis la suspecte numéro un pour le village. John Fletcher m'a raconté qu'il n'avait pas de chambre, mais il ne m'a jamais regardée dans les yeux, et les autres non plus.

– Mais enfin, Agatha, tu m'avais parlé de cette bonne femme, Mrs Hardy. Tu m'avais dit que tu ne la trouvais pas sympathique, mais qu'elle offrait un bon prix. Comment pouvais-tu croire qu'elle changerait d'avis ?

– Ce n'est pas tous les jours que je suis couverte de honte dans une salle des mariages, et ensuite accusée de meurtre. Je n'avais pas les idées claires. Tout ce que je veux, c'est partir loin d'ici, de toi et de tout le monde. »

Il souleva ses valises, puis les reposa. « Je ne crois vraiment pas que ce soit la bonne solution, Agatha.

– C'est quoi, alors ?

– J'imagine que nous voulons tous les deux continuer à vivre ici ? »

Agatha fit non de la tête.

« Tu fais ce que tu veux, dit James, mais tant que je n'aurai pas identifié l'assassin de ton mari, malgré toutes les preuves du contraire, nous serons tous deux soupçonnés du meurtre.

– Tu crois ? dit Agatha d'une voix éteinte. Il faut que je fasse enlever toutes mes affaires pour les mettre au garde-meubles et ensuite que je réfléchisse à l'endroit où je veux habiter.

– Tu peux t'installer dans ma chambre d'amis si tu veux.

– Hein ? Je croyais que tu ne voulais plus jamais me voir.

– La situation n'est plus tout à fait la même. Je crois que je t'en voudrai toujours trop pour t'épouser un jour, Agatha. Mais le fait est que nous avons fait une très bonne équipe dans le passé et qu'ensemble nous pourrions tirer cette affaire au clair. »

Agatha posa sur lui un regard stupéfait. « Je

crois que je te connais très mal en réalité », dit-elle. Ce qu'elle pensait, c'est que s'il avait eu des sentiments pour elle, jamais il ne lui aurait proposé de s'installer chez lui ainsi sur la base d'une collaboration professionnelle. Elle aurait trouvé plus humain d'être totalement éconduite et totalement rejetée.

Mais elle avait l'impression de ne plus l'aimer, et ce qu'il offrait était une solution très commode.

« D'accord. Merci, répondit-elle. Je crois que je vais aller voir Mrs Bloxby. Elle doit être dans tous ses états.

– Bonne idée. Attends deux secondes : je mets ces sacs à l'intérieur et je t'accompagne. »

Pendant qu'ils marchaient côte à côte dans le crépuscule, Agatha pensa qu'il y avait peut-être du vrai dans toutes ces conneries sur le manque d'estime de soi qui s'étalaient sur les pages des magazines féminins. Elle avait vécu avec cet homme une passion partagée, et voilà qu'elle l'écoutait se plaindre des nids-de-poule de la route et suggérer qu'ils assistent tous les deux à la prochaine réunion du conseil municipal pour protester à ce sujet. Les femmes manquant d'estime d'elles-mêmes, avait-elle lu récemment, aimaient souvent des hommes incapables de rendre l'amour et l'affection qu'on leur témoignait.

« Tu crois que je souffre d'un manque d'estime de moi ? » demanda-t-elle à brûle-pourpoint à James, interrompant sa tirade sur les nids-de-poule.

« Plaît-il ?
— J'ai l'impression d'être en dessous de tout.
— Je crois que tu es malheureuse parce que tu as essayé d'être bigame et que tu t'es fait prendre la main dans le sac, et qu'ensuite tu t'es trouvée accusée du meurtre de ton mari. Aujourd'hui, les gens sont saturés de tout ce jargon de psy, et ils prennent l'habitude de se regarder le nombril, voilà tout.
— Tu n'as jamais été giflé par une femme, James ?
— Même pas en rêve, Agatha. »
Quand elle ouvrit la porte du presbytère, Mrs Bloxby n'en crut pas ses yeux.
« Vous êtes là tous les deux ? En voilà une bonne surprise. Venez. C'est horrible, cette histoire ! »
Ils la suivirent dans le salon où, comme d'habitude, régnait une atmosphère paisible qui les enveloppa. En voyant Agatha, le pasteur reposa précipitamment le journal qu'il était en train de lire, marmonna quelque chose sur un sermon à finir et fila s'enfermer dans son bureau.
« Asseyez-vous, dit Mrs Bloxby. Je vais faire du thé. »
Elle a toujours la classe, se dit Agatha non sans une pointe d'envie. Même avec cette vieille robe en Liberty et sans un poil de maquillage, elle a la classe.
James se laissa aller contre le dossier d'un confortable fauteuil en cuir et ferma les yeux. En

le regardant, Agatha prit conscience qu'elle n'avait pas un instant cessé de penser à la façon dont il avait pris leur mariage avorté et ce malencontreux assassinat. Il semblait fatigué, plus âgé, et les rides qui encadraient sa bouche paraissaient plus prononcées.

Mrs Bloxby revint avec un plateau. « J'ai un excellent cake, cadeau de ces dames de Mircester. Et des sandwichs au jambon. Je suppose que vous n'avez ni l'un ni l'autre eu le temps de manger. »

James ouvrit les yeux et laissa tomber d'un ton désabusé : « Nous avons tous les deux été soupçonnés de meurtre, et la journée a été longue. Oui, les sandwichs sont les bienvenus. D'après Agatha, tout le village nous considère comme suspects dans cette affaire.

– Vous êtes sûre, Agatha ? » demanda Mrs Bloxby.

Agatha raconta ce qui s'était passé quand elle avait essayé de trouver une chambre au Red Lion.

« Oh, c'est désolant. Nous pourrions vous loger chez nous. Nous pourrions... »

Une toux d'avertissement retentit en provenance de la porte où s'encadrait le pasteur, dans les yeux duquel brillait une lueur fort peu chrétienne.

« Ce ne sera pas nécessaire, se hâta de répondre James, Agatha vient habiter chez moi.

– Que voulais-tu me dire, Alf ? demanda Mrs Bloxby à son mari.

– Euh... rien », dit-il.

Et il disparut à nouveau.

« C'est bien vous qui avez trouvé le corps ? demanda James. Racontez-nous, si cela ne vous est pas trop pénible.

— Ça m'a fait un choc sur le moment. Je ne l'ai pas reconnu, dit Mrs Bloxby en versant le thé dans de fines tasses de porcelaine. Les morts ont un aspect différent quand l'esprit s'est envolé. Et puis, il avait été étranglé, et son visage n'était pas beau à voir. J'étais sortie me promener. Je m'inquiétais pour vous, Agatha, et je n'arrivais pas à dormir. »

Les yeux de celle-ci s'emplirent soudain de larmes d'attendrissement. L'idée que quelqu'un pouvait avoir des insomnies pour elle était inédite.

« J'ai d'abord cru qu'il s'agissait d'un tas de vieux vêtements dans le fossé, mais en y regardant plus attentivement, j'ai vu l'homme. J'ai tâté son pouls et, ne le trouvant pas, je me suis précipitée vers la maison la plus proche, d'où j'ai appelé la police.

— Est-ce qu'il y avait quelqu'un d'autre à proximité ?

— Non. Cela a dû se passer après votre retour chez vous, Agatha, sinon je vous aurais croisée sur la route, ou j'aurais vu l'assassin. Sachant que celui-ci a pu aussi couper à travers champs.

— Il va falloir que nous trouvions par nous-mêmes qui a fait ça, déclara Agatha.

— Oh, vous avez déjà été bien éprouvés. Pourquoi ne pas laisser faire la police ?

– Parce que nous voulons connaître le coupable, intervint James. J'ai réfléchi : quelles sont les règles du savoir-vivre concernant les cadeaux de mariage ? J'imagine que nous devons les rendre.

– À votre place, je les garderais, dit la femme du pasteur. Comme ça, quand vous vous marierez, les gens n'auront pas à vous chercher un autre cadeau.

– On ne va pas se marier », dit James d'une voix atone.

Il y eut un lourd silence. Puis Mrs Bloxby demanda avec un enjouement forcé : « Encore un peu de thé ? »

Roy Silver n'avait pas fermé l'œil de la nuit. La mauvaise conscience ne le tracassait pas trop d'habitude, mais cette fois, il se sentait vraiment mal. L'affaire du mariage-qui-n'avait-jamais-eu-lieu, pimentée par le meurtre du mari d'Agatha, s'étalait dans les journaux, et un journaliste débrouillard avait découvert que c'était lui, Roy Silver, qui avait alerté Jeremy Raisin en le prévenant que sa femme voulait épouser quelqu'un d'autre. À peine arrivé à son bureau, il téléphona à l'enquêtrice à laquelle il s'était adressé, Iris Harris, et lui demanda de venir au plus vite.

Incapable de tenir en place, il rongea son frein jusqu'à ce qu'elle arrive. Ms Harris, qui avait lu les journaux, écouta calmement Roy lui dire qu'il fallait qu'elle continue à enquêter sur Jimmy Raisin. Si Agatha ne l'avait pas tué, quelqu'un d'autre l'avait fait, et ce quelqu'un avait peut-être un rapport avec le milieu londonien de Jimmy, car celui-ci ne pouvait avoir survécu jusqu'à maintenant en passant toutes ces années imbibé d'alcool.

Ce fut seulement après que Iris Harris eut accepté de travailler de nouveau pour lui que Roy se sentit un peu réconcilié avec lui-même.

Agatha et James restèrent calfeutrés pendant l'essentiel de la semaine suivante, ne se hasardant à sortir que le soir pour dîner. La presse assiégeait le cottage de James à toutes les heures du jour et de la nuit. Agatha trouvait qu'il aurait été normal qu'ils discutent de leur relation, de ce qui s'était passé, mais James se contentait de parler du meurtre, de la politique et du temps. Il travaillait avec assiduité à son histoire militaire pendant qu'Agatha jouait avec ses chats dans le jardin et bouquinait.

La nuit, elle dormait dans la chambre d'amis, et curieusement, n'était guère troublée par le moindre désir pour le corps endormi de l'autre côté de l'étroit couloir.

Le choc du mariage puis de l'assassinat avait chassé toute passion de son esprit. Elle avait hâte de commencer l'enquête sur le meurtre. Bill Wong n'était pas venu et elle était avide de nouvelles. Mais bientôt, la presse se lasserait, et dès que retentirait l'info : « le-crime-nouveau-est-arrivé », ils seraient tranquilles.

Le lendemain matin, la sonnette se calma enfin

et le téléphone cessa de sonner. Agatha décida d'aller passer la journée à Mircester pour voir Bill Wong. James annonça qu'il avait l'intention de rester pour travailler à son livre.

En arrivant au commissariat, Agatha découvrit que c'était le jour de congé de Bill. Elle hésita à aller le voir chez lui, mais finit par renoncer. Il habitait avec ses parents, qu'elle trouvait assez intimidants. Elle alla s'acheter une robe neuve, bien qu'elle n'en eût pas besoin, et un nouveau rouge à lèvres, à ajouter à la vingtaine de bâtons qui encombraient déjà l'étagère de la salle de bains de James.

Le rouge à lèvres promettait de « rendre les lèvres plus pulpeuses et satinées que jamais ». Agatha, qui ne croyait pas un mot de la plupart des réclames, ne savait pas résister aux promotions de cosmétiques. Toujours pleine d'espoir, elle gobait toutes les promesses des publicités jusqu'au moment où elle essayait le produit. Elle décida de s'offrir à déjeuner au bar du George, mais d'abord elle voulait essayer ce fameux rouge à lèvres.

Elle se rendit dans les toilettes du pub, lut toutes les vertus supposées du rouge comme s'il avait le pouvoir de prédire l'avenir, et l'ouvrit. Le bâton était à mi-chemin de ses lèvres quand elle entendit une voix déclarer : « Mais Agatha est mon amie. Ça rend la chose difficile. »

Stupéfaite, Agatha se retourna. Puis elle se rappela que le George avait une acoustique bizarre.

Il y avait au-dessus de la porte une imposte, habituellement ouverte, comme elle l'était ce jour-là, si bien qu'on entendait les clients attablés de l'autre côté presque comme s'ils étaient dans les toilettes.

C'est Bill Wong, se dit Agatha avec un sourire. Elle rangea le rouge à lèvres dans son sac sans l'avoir appliqué, et allait sortir quand elle entendit une femme répliquer : « Eh bien moi, Bill, je considère toujours Agatha Raisin comme une coupable possible. Elle peut facilement avoir mis une paire de chaussures d'homme pour tromper les enquêteurs et je la crois assez forte pour étrangler un mec. Elle est hommasse, comme femme. »

Agatha resta figée, bouche bée, la main sur la poignée de la porte.

« Écoute, Maddie – la voix de Bill à nouveau –, je connais Agatha, et jamais elle n'irait assassiner quelqu'un. C'est une femme remarquable.

– Oh, ça va, Bill. À t'entendre délirer sur cette vieille peau, on te prendrait pour son toy-boy. Et les femmes remarquables ne s'amusent pas à distribuer des baffes à des mecs.

– Ce que tu me demandes, c'est d'espionner Agatha, dit Bill, et ça ne me plaît pas. »

La voix de Maddie Hurd s'éleva, claire et nette : « Tout ce que je te demande, c'est de faire ton travail de policier, Bill. Si elle n'est pas coupable, et Lacey non plus, alors il faudra chercher des indices dans le passé de Jimmy et son entourage. Je dois dire que je m'étonne que tu ne sois pas encore passé chez elle pour l'interroger.

— J'y serais allé si tu ne m'avais pas donné le sentiment d'être un traître.

— Tu sais que je ne te demanderais jamais de faire quelque chose de mal, Bill, dit Maddie d'une voix radoucie. C'était bien, hier soir, non ?

— Tu as besoin de me le demander ? répondit Bill d'une voix voilée par la tendresse.

— Allons-y, ou on va rater le début du film. Mais tu essaieras de la questionner ?

— Je ferai un saut chez elle ce soir. »

Il y eut des bruits de pieds de chaises raclant le sol, et Agatha entendit leurs pas s'éloigner.

Elle se sentait désespérément seule. L'amitié de Bill était depuis toujours solide comme un roc. Il était le premier ami qu'elle avait eu dans une vie d'où l'amitié était jusque-là absente. Et maintenant, elle avait l'impression de ne plus pouvoir se fier à personne, et certainement pas à James, qui semblait gérer la situation actuelle en la traitant, elle, de façon aussi impersonnelle que si elle était un homme.

Cela dit, Bill Wong était à l'évidence sérieusement mordu. Que pouvait-il lui trouver, à cette tête à claques ?

James remarqua qu'Agatha avait triste mine à son retour, et il voulut savoir ce qui l'avait contrariée.

D'une voix lasse, Agatha lui raconta la conversation qu'elle avait surprise.

James écouta, ses yeux bleus attentifs fixés sur elle. Puis il déclara : « Tu ne peux pas en vouloir à Bill d'être tombé amoureux d'une enquêtrice ambitieuse. Je ne crois pas que ça durera longtemps. Tu ne peux pas lui choisir ses petites amies.

– Quand il viendra ce soir, je ne lui adresserai pas la parole, dit Agatha d'un ton vexé.

– Et à quoi ça t'avancera ? C'est ton seul contact avec la police. Au lieu de te braquer, Agatha, tu ferais mieux de lui dire simplement que tu as entendu Maddie faire des remarques désobligeantes sur toi, alors que lui, il s'en est abstenu.

– Je ne veux plus lui parler !

– Sois raisonnable, Agatha.

– Ras-le-bol d'être raisonnable ! » explosa-t-elle avant de fondre en larmes.

Il lui donna un mouchoir propre, lui servit un cognac bien tassé et lui suggéra d'aller s'étendre.

Et Agatha, qui avait eu soudain l'envie éperdue d'une épaule pour pleurer, rassembla son courage et dit dans un sanglot que oui, elle verrait Bill.

Cela l'aurait consolée de savoir que le désir d'étrangler allègrement Bill et Maddie démangeait James, mais il n'en laissa rien paraître et retourna à son ordinateur tandis qu'elle allait faire une sieste. Il essayait de travailler quand la sonnette se mit à carillonner. Un journaliste particulièrement insistant, sans doute. Normalement, il ne serait pas allé répondre, mais il éprouvait le besoin de passer ses nerfs sur quelqu'un, même si le quelqu'un en question était Bill Wong.

Il ouvrit donc la porte et se trouva face à Roy Silver.

James prit l'infortuné Roy au collet et le secoua comme un prunier.

« Vous allez me foutre le camp d'ici, espèce de petit minable », rugit-il. Après l'avoir secoué une dernière fois, il le lâcha avec une bourrade. Roy recula en titubant et tomba dans la haie.

« Je voulais seulement être utile, piailla-t-il d'une voix de fausset. Sérieux. J'ai du nouveau sur Jimmy Raisin. J'ai trouvé des éléments qui peuvent expliquer pourquoi il s'est fait assassiner ! J'ai fait ça pour aider Aggie. »

James, qui s'apprêtait à fermer la porte, hésita.

« Qu'est-ce que c'est que ces histoires ? »

Roy s'extirpa de la haie et avança à tout petits pas prudents.

« J'ai engagé un détective pour enquêter sur Jimmy Raisin. J'ai son rapport. » Il leva sa serviette qu'il avait réussi à ne pas lâcher quand James l'avait malmené.

« Bon, bon, dit celui-ci. Entrez et j'irai voir si Agatha est disposée à vous entendre. »

Quand elle descendit, Roy recula nerveusement pour se mettre à l'abri derrière une chaise. Il s'était décoloré les cheveux, ce qui faisait paraître son visage à la fois plus mou et plus pâle.

Mais Agatha avait eu le temps de réfléchir. Si Roy avait des informations intéressantes, alors James et elle seraient en mesure d'élucider le mystère, laissant Bill et sa précieuse Maddie le bec dans l'eau.

« Assieds-toi, Roy, dit-elle. Si tu as découvert quelque chose de valable, je suis prête à l'entendre, mais si tu crois que je te pardonnerai un jour ce que tu m'as fait, tu te mets le doigt dans l'œil.

— Il t'a empêchée de devenir bigame », intervint James.

Agatha leur jeta à tous deux un regard noir.

« Écoutons ce qu'il a à nous dire », reprit James d'un ton mesuré.

Agatha hocha la tête. Roy contourna sa chaise, s'assit nerveusement et posa sa serviette sur ses genoux.

« Je suppose qu'au départ, tu as engagé ce détective par pure méchanceté, pour découvrir si j'étais toujours mariée, dit Agatha, et que tu as de nouveau fait appel à lui parce que tu ne pouvais plus te regarder dans une glace. Pauvre type ! »

Roy toussota. « Tu vois toujours le mal partout, hein, Aggie ? Je croyais que ton mari était mort et que tu me remercierais de t'apporter la preuve concluante de son décès en guise de cadeau de mariage. Grogne tant que tu veux, c'est vrai. Si je mens, je vais en enfer ! »

Agatha roula des yeux incrédules : « J'attends que le sol s'ouvre sous toi, Roy !

– Vous avez fini, oui ! grinça James. Alors, ce rapport ? »

Roy sortit une liasse de papiers de sa serviette.

« Je m'étais demandé comment Jimmy avait pu vivre aussi longtemps, dit-il. Mais il semble qu'à un moment, une philanthrope, une certaine Mrs Serena Gore-Appleton, ait considéré qu'il méritait qu'on s'occupe de lui et l'ait conduit dans un centre de remise en forme coûteux. Oh, certes, l'endroit en question n'était pas la clinique Betty Ford, plutôt un lieu où les riches alcoolos venaient se sevrer afin de recommencer de plus belle, mais pour Jimmy, la cure a marché. Il s'est désintoxiqué et a travaillé comme conseiller dans l'organisation charitable de Mrs Gore-Appleton : Solidarité pour nos Sans-Abri. J'en arrive au point intéressant.

Apparemment, Jimmy avait du fric et aimait bien l'étaler. Mon détective, une certaine Iris Harris, a découvert ça parce que Jimmy aimait bien jouer au grand seigneur avec ses anciens potes de débine. Et puis après un an de sobriété, il a redégringolé la pente à la vitesse grand V et a regagné les rangs des toxicos et des clodos des rues de Londres.

L'un des clochards qui s'est récemment désintoxiqué a donné cette information : Jimmy aimait bien fourrer son nez partout et, même quand il était au plus bas, il n'hésitait pas à faire chanter les autres pour une bouteille de gnôle, par exemple en menaçant de les dénoncer aux services sociaux s'il découvrait qu'ils touchaient le chômage alors qu'ils avaient du boulot, ce genre de choses. »

Roy afficha un sourire triomphant. « Alors vous voyez, mes loulous, avec mon petit cerveau agile, j'en ai conclu que si Jimmy était capable de faire chanter les pauvres, pourquoi pas les riches du temps où il travaillait pour la mère Gore-Appleton ? Peut-être qu'il a vu l'un de ses pigeons à Mircester, que ledit pigeon a vu une occasion de le tuer et qu'il l'a saisie.

– Ça semble un peu tiré par les cheveux comme coïncidence, dit lentement James. Si Agatha, ici présente, n'avait pas décidé de se marier à Mircester, Jimmy n'aurait jamais mis les pieds dans les Cotswolds. Et pourquoi l'une de ses victimes aurait-elle brusquement dû se pointer ici elle aussi ? »

Roy parut démonté. Puis son visage s'éclaira. « Ah, mais savez-vous où se trouve le centre de remise en forme en question ? À Aston-le-Walls, à quinze kilomètres de Mircester.

– Oui, mais les gens qui vont dans ces centres n'habitent en général pas dans les environs, répliqua Agatha. Je veux dire qu'ils viennent de tout le pays.

– Oh, ce que vous pouvez être rabat-joie, tous les deux ! lança Roy, exaspéré. Les coïncidences, ça arrive dans la vraie vie. Tu te rappelles mon ami australien, Agatha ? Le touriste infernal.

– Oui, je l'ai trouvé plutôt sympathique. Steve, il s'appelait.

– Oui, bref. Je le croyais reparti en Australie définitivement. L'autre semaine, j'étais dans un pub et je parlais de lui à un ami. J'évoquais son foutu caméscope et ses foutus guides touristiques, et j'étais juste en train de dire que j'espérais ne jamais le revoir quand j'ai senti un regard me vriller la nuque. Je me retourne et qui je vois ? Steve ! Il a pris la porte aussi sec, mais je peux te dire que ça m'a fait un choc ! Et ça s'est passé dans un pub de Fulham où je n'avais jamais mis les pieds. »

James se tourna vers Agatha : « Au moins, il nous a donné une piste. On devrait commencer demain et filer à Londres pour essayer de trouver cette Mrs Gore-Appleton. »

Agatha se dérida visiblement à la perspective de passer à l'action.

La sonnette retentit à nouveau. « Ce doit être Bill Wong », dit James en se levant.

Agatha l'attrapa par la manche. « Ne lui disons rien de tout cela, James. Gardons l'info pour nous pour l'instant. »

Il allait protester, mais se ravisa. « D'accord, mais tu ne prends pas de risques cette fois-ci, Agatha. Tu as été mêlée à des meurtres assez effrayants dans le passé. »

Bill Wong entra et s'arrêta net, surpris de voir Roy.

« Je croyais qu'ils vous auraient tordu le cou !

— Aggie et moi sommes de vieux amis, dit Roy, sur la défensive. Mon idée, c'était de lui offrir le certificat de décès de Jimmy comme cadeau de mariage. »

Bill lui coula un regard sarcastique.

« Tiens donc ! »

Roy rassembla ses papiers, que James avait laissés sur la table, et les fourra dans sa serviette.

« Qu'est-ce que c'est que ça ? demanda Bill.

— De la paperasse de l'agence de com, dit Roy. Je suis venu pour demander son aide à Agatha. »

Bill les dévisagea. Il y avait dans la pièce une atmosphère de méfiance frisant l'hostilité. Il se dit que James et Agatha avaient été mis à rude épreuve, et regretta de ne pas être venu les voir plus tôt.

« J'aimerais pouvoir vous donner de bonnes nouvelles, déclara-t-il, mais nous ne trouvons toujours pas de mobile pour le meurtre de votre mari, Agatha. Si cela s'était produit à Londres parmi les clochards, on aurait pu se dire qu'on l'avait assassiné simplement pour lui piquer la bouteille d'alcool qu'il avait dans la poche. Mais ici, dans les Cotswolds ?

— La police de Londres n'a pas interrogé ses vieux copains ? demanda James.

— Si, bien sûr. Mais ces gens-là deviennent muets à la seule vue d'un uniforme de police, et ils reniflent un détective à un kilomètre. J'aimerais bien pouvoir aller là-bas moi-même pour voir ce que je pourrais dénicher comme infos. Comment le village réagit-il ? » demanda Bill, qui vivait à Mircester.

« Ma foi, Agatha et moi sommes considérés comme le premier et le second assassins, dit James. Et que disent les légistes, Bill ?

— Ça n'a guère varié depuis la version que j'ai déjà donnée à Agatha. À savoir qu'il a été étranglé avec une cravate d'homme en soie. Je sais que ça a l'air d'une preuve intéressante, mais c'est une cravate de chez Harvey Nichols, comme on peut s'en procurer dans tous les bons magasins de vêtements pour hommes du pays. De plus, elle n'est pas neuve, les bords sont un peu élimés.

— C'était une cravate qui lui appartenait, dit soudain Agatha. Il ne la portait pas la dernière fois que je l'ai vu, mais il l'avait le jour du mariage. Attendez un peu. Peut-être était-elle dans sa poche ? Quand même, il ne serait pas resté là sans rien faire pendant que quelqu'un lui faisait les poches à la recherche d'une arme pour le tuer ?

— À quoi ressemblait-elle, cette cravate ? demanda Bill. Je ne me rappelle pas. »

Mais Agatha, elle, ne l'avait pas oublié. Tous les faits et les détails abominables de cette journée-là seraient gravés à jamais dans son esprit. « C'était un de ces modèles qui ressemblent à une ancienne cravate d'uniforme scolaire. Des rayures discrètes. Bleu foncé, vert et or. »

Bill sortit prestement un calepin et se mit à griffonner assidûment. Puis il déclara : « Nous avons découvert qu'avant d'arriver ici, il avait fait une halte pour se rendre présentable dans un centre d'hébergement de l'Armée du salut, où on lui avait donné des vêtements. Sans doute lui a-t-on aussi donné la cravate.

— A-t-il d'abord été frappé ? demanda Agatha.

— Uniquement par ta douce main.

— Il n'est pas resté planté là à se laisser faire !

— Je crois que je devine, annonça Roy triomphalement. Il est dans le fossé après qu'Aggie l'a giflé. Or quelle est la première chose que ferait un poivrot qu'on a giflé et qui se retrouve dans un fossé ? Vérifier que la bouteille dans sa poche n'est pas cassée. Ensuite, en boire une bonne rasade. Peut-être que la cravate est sortie de sa poche quand il a sorti la bouteille. Arrive l'assassin. Jimmy est dans le fossé, à boire au goulot, avec la cravate qui dépasse de sa poche. Le type prend la cravate, serre, l'autre s'étouffe et hop, un cadavre.

— Merci, Sherlock, dit James. Cela dit, c'est possible. Qu'en pensez-vous, Bill ?

— Je crois que vous savez tous quelque chose que vous ne me dites pas, répondit Bill en les regardant.

— Comment va cette chère Maddie ? » demanda Agatha.

Le visage rond de Bill s'empourpra.

« L'inspecteur Hurd va bien, je vous remercie.

– Transmettez-lui mon bon souvenir, je vous en prie. »

À cet instant, Bill se demanda si Agatha avait deviné que Maddie l'avait envoyé à la pêche aux informations, et il finit par conclure que l'amour le rendait paranoïaque.

« Il faut que je file, dit-il en se levant.
– À bientôt », répondit Agatha.
James le raccompagna.

Bill resta quelques instants devant le cottage, indécis. Il n'avait pas été aussi bien accueilli que d'habitude. Cela ne ressemblait pas à Agatha et James de ne rien lui offrir à boire, pas même un café. Il se demanda s'il ne devait pas retourner sur ses pas pour dire la vérité à Agatha, à savoir que, s'il n'était pas venu la voir plus tôt, c'était à cause de Maddie. Il esquissa un pas vers la porte, puis secoua rageusement sa tête ronde et se dirigea finalement vers sa voiture.

Les trois détectives amateurs à l'intérieur de la maison se retrouvèrent donc libres de commencer leurs investigations sans être entravés par une quelconque assistance de la police.

3

Le lendemain matin, pendant le trajet vers Londres, Agatha fut silencieuse. James, habitué à ce qu'elle soit intarissable sur n'importe quel sujet, trouva son silence bizarre et en éprouva un certain malaise. De plus, Agatha portait un pantalon et un pull, des chaussures de marche confortables, et elle n'était pas maquillée. Ni parfumée. Il se sentit obscurément vexé en constatant que, pour la première fois, elle ne semblait faire aucun effort pour lui.

La dernière adresse connue de Solidarité pour nos Sans-Abri était celle d'un sous-sol d'Ebury Street, dans le quartier de Victoria. Ils l'avaient trouvée dans les annuaires de Londres de James datant de 1984. James regretta qu'ils n'aient pas téléphoné au préalable, car il y avait maintenant une compagnie de taxis à la place.

Ils trouvèrent le patron de ladite compagnie, un gros Antillais qui se prélassait les pieds sur son bureau.

« Nous cherchons Solidarité pour nos Sans-Abri.

— Z'êtes pas le seul, m'sieur. J'vous ferai la même réponse qu'aux autres. Pas au courant et pas concerné.

— Et vous savez pourquoi tout le monde les cherche ?

— Parce qu'ils leur doivent du fric. Comme à vous.

— Alors vous n'avez aucune idée de l'endroit où se trouve Mrs Gore-Appleton ? demanda Agatha.

— Eh non. »

Il haussa lourdement les épaules en guise de dénégation formelle, prit une tasse emplie de café, en but une gorgée et parut oublier leur existence.

« C'est à elle que vous avez racheté ce local ? » poursuivit James.

Les yeux sombres de son interlocuteur se reposèrent sur lui, agacés. « Je l'ai acheté à Sprint-copie. Avant, c'était l'agence d'intérim Peter Pan, et avant, Dieu sait quoi. Personne tient le coup longtemps dans le secteur. Les taxes sur les entreprises sont astronomiques, c'est moi qui vous le dis. La boîte que vous cherchez a fermé y a quatre ans environ. »

Ils renoncèrent et quittèrent les lieux. James resta debout sur le trottoir, tête baissée, sourcils froncés, l'air bougon.

« Si Solidarité pour nos Sans-Abri était une œuvre de bienfaisance, alors il y a des chances qu'il y ait des coupures de presse montrant cette fameuse Mrs Gore-Appleton à des inaugurations quelconques, ou en train de faire un discours. Tu ne connais pas de journaliste qui puisse nous trouver ça ?

— J'en connaissais beaucoup, des journalistes, mais plutôt dans le domaine de la mode ou du show-biz.

— Oui, mais ils pourraient avoir accès aux archives. On peut leur demander ? »

Agatha se creusa la tête pour trouver un journaliste de sa connaissance qui ne la haïssait pas cordialement. Du temps où elle avait son agence de communication, la presse la considérait comme une emmerdeuse et publiait des articles sur ses clients à seule fin de se débarrasser d'elle.

« Je connais la responsable de la rubrique show-biz de *The Bugle*[1], Mary Parrington, dit-elle, non sans réticence.

— Allons la voir. »

Ils se dirigèrent lentement vers l'East End. Les grands journaux n'avaient plus leur siège à Fleet Street. Ils avaient tous déménagé dans des locaux meilleur marché et plus spacieux.

Ils attendirent dans le hall de verre et d'acier aseptisé de *The Bugle* pour voir si Mary Parrington les recevrait.

Heureusement pour Agatha, le directeur de l'in-

---

1. Le Clairon.

formation était passé devant le bureau de celle-ci juste au moment où elle enjoignait à sa secrétaire : « Dites à cette vieille harpie d'Agatha Raisin que je suis morte, partie, ou ce que vous voudrez.

– Eh là, minute ! intervint le directeur. Ce n'est pas la nana impliquée dans le meurtre des Cotswolds ? Faites-la monter et présentez-moi. Aucun journaliste n'a pu l'approcher. »

L'idée de jeter Agatha en pâture à ses confrères enchanta Mary, et l'on fit monter Agatha et James.

Ils furent alors présentés au directeur de l'info, un certain Mike Tarry. James se rendit compte qu'il avait reproché à Agatha sa naïveté à propos de la vente de sa maison, mais qu'il venait lui-même de se précipiter dans la gueule du loup : pour le journal, Agatha et lui étaient de l'info ambulante.

« Alors, Agatha, dit Mike après les avoir fait entrer presque *manu militari* dans son bureau, puis-je vous appeler par votre prénom ?

– Non, grinça Agatha.

– Ha ha ! Mary m'avait dit que vous étiez une forte tête ! Que pouvons-nous faire pour vous ? Vous devez avoir hâte d'être innocentée. »

Les fenêtres des bureaux donnaient sur les postes de travail des journalistes. Mike agita un bras. La porte de son bureau s'ouvrit, laissant passer un photographe suivi par un reporter.

« C'est quoi, ça ? demanda Agatha.

– C'est donnant-donnant, dit Mike.

— Sans moi », rétorqua Agatha, et elle se dirigea vers la porte.

James la héla : « Attends ! » Agatha se retourna de mauvaise grâce.

« On a besoin d'aide, Agatha, dit-il, et on aurait dû se douter qu'ils voudraient notre version des faits. Ils font le siège de chez moi depuis l'assassinat. On n'a rien à cacher. On veut retrouver cette fameuse Mrs Gore-Appleton. Pourquoi ne pas leur dire ce que nous savons ?

— Pour que la police se demande pourquoi ce n'est pas à elle que nous avons raconté ce que nous avons découvert ?

— Nous le leur aurions dit tôt ou tard. Autant en finir tout de suite, Agatha. Tu es dans la fosse aux lions maintenant, et si tu t'en vas, ce photographe diffusera une photo de toi avant même que tu ne sortes d'ici.

— Eh bien qu'il le fasse, dit-elle d'un ton belliqueux.

— Tu n'es pas maquillée. »

Argument massue.

Les interviews et les photographies durent attendre qu'Agatha ait été cornaquée dans les boutiques du quartier par une « assistante » pour acheter du maquillage, une robe élégante et des chaussures à talons.

Alors seulement, ils révélèrent tous deux ce qu'ils savaient, posèrent pour les photographes, Agatha ayant extorqué des responsables du service création la promesse qu'ils retoucheraient généreusement les clichés qu'ils avaient pris.

Mais quand le reporter fouilla dans ses dossiers, il ne trouva pratiquement rien sur Mrs Gore-Appleton, hormis une brève concernant un discours sur les sans-abri qu'elle avait prononcé à un gala de bienfaisance. Aucune photographie. Agatha se sentit flouée, jusqu'à ce que James lui fasse remarquer que la publicité était le plus sûr moyen de faire fuir Mrs Gore-Appleton.

Ils n'avaient donc plus rien d'autre à faire que de se laisser inviter à déjeuner, puis de rentrer à Carsely et de découvrir le contenu de l'article dans le journal du matin.

Le lendemain, Agatha eut du mal à émerger d'un sommeil profond. On tambourinait à la porte de sa chambre. Elle passa son peignoir, puis resta debout, hésitante. Ce devait être James, bien entendu. L'article devait être paru. Elle se demanda si elle allait lui demander d'attendre qu'elle s'habille, puis haussa les épaules. L'époque où elle faisait des efforts de présentation pour James étaient révolue.

Elle ouvrit la porte. Il brandissait un exemplaire du *Bugle*. « Pas un mot, fulmina-t-il. Tu le crois, ça !

– Allons à la cuisine. Tu es sûr que tu as bien regardé ?

– Pas un mot », répéta-t-il d'un ton furieux.

Agatha s'assit avec lassitude à la table de la cuisine et étala le journal. Un titre s'étalait en gras : « FREDDIE FAIT SON COMING OUT ! » Un comédien, chouchou du public britannique pour son humour franc et direct, avait publiquement annoncé qu'il était gay. L'autre titre sur la une concernait un journaliste du *Bugle* qui s'était fait abattre par les Serbes de Bosnie.

« Nous n'avons pas entendu un mot de tout cela pendant que nous étions dans le bureau, dit Agatha. Les nouvelles ont dû tomber dans l'après-midi et damer le pion à notre histoire.

– Ils la passeront peut-être demain. »

Agatha, qui connaissait bien la presse, secoua la tête : « Non, c'est trop tard. S'ils l'avaient eue pile au moment de l'assassinat, ils l'auraient sortie, indépendamment du contexte. Mais maintenant, c'est un peu du réchauffé.

– Je vais téléphoner au directeur et lui dire ma façon de penser.

– Ça n'avancera à rien, James. Il va falloir changer notre fusil d'épaule. »

James arpenta la cuisine. « Je reste sur ma faim. Il faut que je fasse quelque chose, là, tout de suite.

– Ce centre de fitness, celui où a séjourné Jimmy, nous pourrions y aller ? Et peut-être jeter un coup d'œil aux dossiers pour voir qui s'y trouvait en même temps, et qui Jimmy aurait pu songer à faire chanter ? »

James se dérida. « Bonne idée. Comment s'appelle l'endroit ?

– J'ai les notes de Roy dans le séjour. Mais tu sais, ils seront peut-être réticents à nous montrer leurs dossiers, alors nous ferions sans doute mieux de nous y inscrire comme clients sous de faux noms.

– Nous nous présenterons comme mari et femme, Mr et Mrs Perth, ça ira très bien. » Et James la planta là, à se demander comment les hommes pouvaient être aussi insensibles. Mari et femme, ben voyons !

Agatha remonta rapidement à l'étage pour faire sa toilette et s'habiller. Il lui tardait de retrouver sa maison. Peut-être devait-elle retourner voir Mrs Hardy.

Celle-ci ouvrit la porte à Agatha une demi-heure plus tard. Toujours aussi hommasse et adepte du style sport-et-campagne. Une lueur belliqueuse s'alluma dans son regard à la vue d'Agatha.

« Dites, attaqua celle-ci, je me demandais si vous ne pourriez pas revenir sur votre décision. Si vous me rétrocédez ma maison, je vous en donnerai un très bon prix.

– Oh, n'insistez pas. J'essaie de m'installer et je me passerais bien des interruptions fâcheuses de gens comme vous. Il paraît que vous étiez femme d'affaires autrefois. Tâchez d'être à la hauteur de votre réputation. »

Et elle lui claqua la porte au nez.

Agatha alla rejoindre James et lui parla du refus réitéré de Mrs Hardy.

« Quelle vieille punaise, fulmina-t-elle.

– Qu'est-ce que tu en as à faire ? Il y a d'autres maisons, tu sais. J'ai entendu dire dans le village que les Boggle envisageaient de partir en maison de retraite. Ce qui veut dire que tu pourrais acheter leur maison. »

Agatha le regarda, atterrée. « Mais les Boggle vivent dans un logement social !

– Et alors ? Certains sont très bien conçus. Et la maison des Boggle serait très spacieuse une fois débarrassée de tout leur bric-à-brac. »

Pensait-il qu'elle ne méritait pas mieux qu'un logement social ? se demanda Agatha. Puis elle se rappela à temps que James ignorait tout de ses origines misérables et qu'il faisait juste preuve d'un bon sens exaspérant.

« Achète-la toi-même, marmonna-t-elle.

– Ma foi, pourquoi pas ? Allez, fais tes valises. Je nous ai retenu un séjour dans ce centre de remise en forme. On nous y attend ce soir. J'emporte les notes de Roy. Ne fais pas une tête pareille. Oublie ta maison pour l'instant. On trouvera bien une solution.

– Ah oui ? Glisser des serpents par la fente de sa boîte aux lettres ?

– Par exemple. »

Agatha retourna voir Mrs Bloxby avant leur départ.

« Alors, vous semblez en très bons termes, James et vous, dit la femme du pasteur.

— La seule raison à cela, c'est que James a la sensibilité d'un rhinocéros, répliqua sèchement Agatha. Il nous a inscrits dans ce centre de remise en forme comme un couple marié.

— Peut-être s'est-il servi de cela comme prétexte pour que vous vous retrouviez ensemble ? » hasarda Mrs Bloxby. Mais après un coup d'œil à son interlocutrice, elle ajouta précipitamment : « Peut-être pas. C'est un homme très particulier. Je crois qu'il a dans l'esprit des petits compartiments rigoureusement étanches. Le compartiment d'Agatha comme relation amoureuse est hermétiquement fermé tandis que celui d'Agatha comme amie est ouvert. C'est mieux que rien. À moins que cela ne soit un crève-cœur ?

— Pas vraiment. Je constate que je n'arrive plus à penser à lui de la même façon qu'avant.

— Parce que ça vous ferait souffrir ?

— Oui, répondit Agatha d'un ton bourru, et ses petits yeux s'emplirent de larmes.

— Je vais faire du thé, annonça Mrs Bloxby, qui s'éloigna avec tact, laissant à Agatha le temps de se remettre de ses émotions.

— Si seulement je pouvais récupérer mon cottage, dit celle-ci quand Mrs Bloxby reparut avec le plateau du thé. James est si bien organisé que je me sens de trop. Je veux me retrouver au milieu de mes affaires.

— Je suis allée voir Mrs Hardy. » La femme du pasteur versa avec précaution le thé dans deux tasses en porcelaine fine. « Elle m'a fait un petit discours sur son désir de rester sur son quant-à-soi, etc. En fait, elle a été assez discourtoise. Vous devriez peut-être chercher ailleurs.

– Je vais y être obligée. Ce qui me gêne, c'est que beaucoup de gens, dont vous, ont refusé de reprendre leurs cadeaux. Je sais que vous ne nous soupçonnez pas d'être des assassins, mais je crois que la plupart des gens du village sont persuadés du contraire, et c'est la raison pour laquelle ils ne veulent plus rien avoir à faire avec nous.

– Non, vous n'y êtes pas. C'est vrai qu'ils ont été un certain nombre à vous soupçonner du meurtre, mais le bon sens a repris le dessus et ils ont honte. S'ils ne veulent pas reprendre leurs cadeaux, c'est qu'ils pensent, à la façon dont vous vous comportez, que vous finirez par vous marier, et ils ne veulent pas se donner le mal de trouver une carte qui convienne à la circonstance et refaire un paquet.

– Aïe, aïe, aïe, ils vont être drôlement déçus, alors ! » lança Agatha d'un ton âpre.

Mrs Bloxby changea de conversation et régala Agatha de potins innocents sur le village jusqu'à ce qu'elle prenne finalement congé.

Hunters Field était une vaste demeure plantée au milieu d'agréables espaces verts. Quand James donna à Agatha les tarifs de séjour, elle eut une grimace horrifiée. Il insista pour payer, malgré le prix astronomique, sous prétexte qu'il avait hérité récemment d'une tante et était très à l'aise.

Une jolie réceptionniste les conduisit jusqu'à une vaste chambre au premier étage et leur annonça que le directeur irait les voir sans tarder pour leur expliquer le programme et leur montrer les installations du centre.

La pièce comportait deux lits jumeaux largement à l'écart l'un de l'autre. James et Agatha venaient de finir de ranger leurs affaires et de pendre leurs vêtements quand le directeur arriva. Le visage lisse, les cheveux argentés, les vêtements bien coupés, il avait de petites lunettes cerclées d'or et l'air affable. Il se présenta comme Mr Adder.

« Ce qui est primordial, annonça-t-il, c'est votre examen préalable par notre médecin demain matin. Nous sommes très prudents sur ce point. Nous ne voulons pas soumettre nos clients à un programme trop rigoureux s'ils ne sont pas à même de le supporter. » Il regarda attentivement Agatha et James. « Vous, Mr Perth, paraissez tout à fait à même de profiter de nos services.

– L'idée vient de ma femme.

– Ah, je vois. » Le regard bonasse de Mr Adder se posa sur Agatha et elle sentit grossir les petits bourrelets de graisse autour de sa taille de quinquagénaire.

Mr Adder déclina ensuite les services et équipements : massages, sauna, piscine, courts de tennis, etc.

« Cela nous intéresserait de voir vos fichiers, dit James.

– Pourquoi ? »

Une petite ride vint compromettre l'habituelle neutralité de son expression.

« Une de nos relations, un certain Jimmy Raisin, a séjourné ici dans le passé. Et en même temps que lui, certaines personnes que nous sommes susceptibles d'avoir connues ont pu venir aussi...

– Je regrette, Mr Perth. Nos fichiers sont confidentiels. Le dîner sera servi dans une demi-heure. »

Il partit après leur avoir adressé un curieux petit salut.

– Bide total ! dit Agatha d'un air sombre.

– Il ne nous reste plus qu'à forcer la serrure du bureau de l'administration », dit James.

Il remit le sujet sur le tapis après un dîner plus que frugal. « Je ne crois pas pouvoir tenir une semaine, Agatha, dit-il.

– Ma foi, je ne sais pas. Ça pourrait nous faire du bien », protesta Agatha.

Maintenant qu'ils étaient installés, elle attendait avec impatience le programme amincissant.

« Si je dois brouter cette herbe à lapins pendant toute la semaine, mon humeur va virer à l'exécrable », dit James en regardant les autres pensionnaires. Pour la plupart d'un certain âge, ils paraissaient tous aisés.

« Alors, quand prévois-tu de cambrioler le bureau ?

– Ce soir, dit James. Nous irons faire une virée de reconnaissance tout à l'heure. Où qu'il se trouve, le bureau ne peut pas être fermé à clé. Un établissement respectable tel que celui-ci n'a aucune raison de se méfier d'éventuels fouineurs.

– On a peut-être mis la puce à l'oreille de Mr Adder. Pour autant qu'on le sache, peut-être a-t-il quelque chose de parfaitement ordinaire à cacher, comme un écart entre ses comptes personnels et ce qu'il déclare au fisc.

– Eh bien, nous verrons, dit James d'un ton morose en buvant son café décaféiné. Et une fois que nous aurons repéré son bureau, je suggère que nous prenions la voiture pour aller manger un morceau au pub le plus proche. »

Agatha voulut protester. Elle se sentait déjà plus légère, mais elle savait que si elle observait le programme d'amincissement alors qu'elle devait se livrer à leurs investigations, cela irriterait James.

Ils quittèrent la salle à manger et déambulèrent dans la maison. Ils découvrirent qu'on accédait au bureau de l'administration par le hall d'entrée. La pièce avait une fenêtre vitrée qui donnait sur celui-ci, et par laquelle on voyait nettement des classeurs et deux ordinateurs. Non seulement le bureau était fermé à clé, mais les autres pièces adjacentes – sauna, salle de massages, salle de soins, cabinet du médecin et bureau du directeur – l'étaient aussi.

« Comment vas-tu ouvrir la porte ? demanda Agatha.

– J'ai apporté plusieurs passe-partout. »

James avait déjà utilisé un trousseau de rossignols mais sans expliquer pourquoi ni comment pareils outils étaient entrés en sa possession.

Puis ils allèrent en voiture jusqu'à un village proche où James engloutit une part généreuse de tourte au bœuf et aux rognons tandis qu'Agatha se contentait d'un sandwich au jambon et d'un verre d'eau minérale.

Après quoi, ils regagnèrent leur chambre. James suggéra qu'ils se changent et passent des vêtements sombres, puis s'étendent chacun sur son lit. Il mettrait le réveil à sonner à deux heures du matin.

Une fois étendu, James s'endormit aussitôt tandis qu'Agatha resta éveillée, à écouter les discrets gargouillis de son estomac. Juste au moment où elle pensait qu'elle ne s'endormirait jamais, elle tomba dans les bras de Morphée et en fut tirée en sursaut par la sonnerie stridente du réveil.

« C'est l'heure d'y aller, dit James. Espérons qu'aucun agent de sécurité ne patrouille sur les lieux pour s'assurer que les clients ne vont pas faire de razzias dans les cuisines. »

Il ouvrit la porte de la chambre. Au-dehors, le couloir était brillamment éclairé. Il recula dans la pièce. Agatha portait un pull marine, un pantalon noir, et James était en noir des pieds à la tête. « C'est très lumineux là-dedans et nous, on a l'air d'un couple de cambrioleurs. Tu crois qu'on devrait mettre nos robes de chambre, histoire de dire qu'on cherchait la cuisine ? Ils doivent avoir l'habitude.

— Si on cherche de la bouffe dans leurs dossiers, ils se demanderont ce qu'on fabrique. Peut-être qu'on devrait tous les deux mettre une tenue plus ordinaire, un jogging par exemple, pour prétexter une séance de sport nocturne. Et si on est surpris, on pourra toujours dire qu'on préserve notre vie privée avec un soin obsessionnel et qu'on voulait voir ce qu'il y avait sur nos dossiers, enfin, quelque chose dans ce goût-là.

— D'accord », dit James en ôtant son pantalon.

Agatha se sentit vaguement vexée de le voir se déshabiller devant elle sans plus de formalités.

Elle se changea quant à elle dans la salle de bains et passa un ensemble jogging rouge vif. Elle ne voulait pas que James voie le moindre centimètre carré du corps très mûr qu'il avait rejeté.

Sous la lumière fluorescente de la salle de bains, elle avait un visage blême. Peut-être une touche de fond de teint et un nuage de poudre... Un peu de blush aussi... Cette nouvelle teinte de rouge à lèvres irait très bien avec son jogging. Elle tendait la main vers le mascara quand elle entendit de l'autre côté de la porte de la salle de bains la voix impatiente de James : « Enfin, Agatha, qu'est-ce que tu fabriques ? Tu ne vas pas y passer la nuit !

— J'arrive ! »

Elle renonça à regret au mascara et sortit le rejoindre. En le suivant dans le couloir, elle constata à nouveau que son métabolisme s'accommodait fort mal de la nourriture diététique. Elle était sûre d'avoir mauvaise haleine et se sentait ballonnée. Elle resta à quelques pas derrière James, souffla dans le creux de ses mains et inspira. Mais quand James lui jeta un coup d'œil par-dessus son épaule pour demander : « Qu'est-ce que tu fais encore ? », elle marmonna : « Rien », régla son pas sur le sien et pria tous les dieux qui veillent sur les dames d'un certain âge de l'empêcher de péter. Il régnait dans la demeure un silence absolu.

Ils atteignirent le hall sans avoir rencontré ni entendu âme qui vive.

Lorsqu'ils arrivèrent devant le bureau de l'administration, James murmura : « C'est une serrure Yale toute simple. Une carte de crédit fera sans doute l'affaire. » Il en sortit une de sa poche et bricola la serrure pendant qu'Agatha, debout derrière lui, entendait son ventre gargouiller vaguement. Les lumières étaient allumées partout. Elle avait apporté une lampe de poche, mais le couloir et le bureau étaient éclairés comme en plein jour. Il y eut un déclic. James poussa un grognement de satisfaction et ouvrit la porte.

« Par quoi commence-t-on ? chuchota Agatha en regardant les ordinateurs. L'un de ceux-ci ?

– Ils ont ces armoires de classement à l'ancienne. Je parie que les dossiers de l'époque où Jimmy est venu s'y trouvent encore. » Il essaya le tiroir du haut de l'une d'entre elles, qui coulissa aisément. « Parfait, murmura-t-il. Espérons qu'il y aura quelque chose à "Raisin". »

Il vérifia tous les dossiers des deux armoires, mais en vain.

« Alors ? demanda-t-il.

— Essaie à "Gore-Appleton", suggéra Agatha. Jimmy n'aurait jamais pu s'offrir un endroit pareil, donc en toute logique, c'est elle qui a dû faire la réservation et payer. »

Il grommela et recommença à chercher pendant qu'Agatha surveillait le couloir par la fenêtre du bureau.

Enfin, il s'exclama : « Je l'ai ! Gore-Appleton. 400 A, Charles Street, Mayfair. Réservation pour un certain Mr Raisin, août 1991. »

Agatha gémit : « Mais comment trouver qui était là en même temps que lui ?

— Aïe ! Je n'avais pas pensé à ça. Le registre qu'on a signé est relativement récent. Les anciens doivent se trouver quelque part ici.

— Si on regardait dans ce placard là-bas ?

— Fermé à clé, dit James. Mais pas compliqué à ouvrir. »

Agatha attendit de nouveau tandis qu'il s'expliquait avec la serrure. Elle se sentait de plus en plus nerveuse. Leur chance allait inévitablement tourner d'un moment à l'autre. Et si quelqu'un approchait, l'entendrait-elle ? Il y avait d'épaisses moquettes partout.

« Ah, voilà, dit James. 1991. Maintenant, août. »

Il sortit de sa poche un petit calepin et commença à écrire.

« Dépêche-toi, plaida Agatha.

— Terminé, dit-il au bout de quelques minutes angoissantes. On remet tout en place et on referme. »

Agatha poussa un soupir de soulagement quand ils se retrouvèrent dans le hall.

« Qu'est-ce que tu as trouvé ? » était-elle en train de demander quand une voix unie en provenance de l'escalier les fit sursauter.

« Vous cherchez quelque chose ? » demanda Mr Adder, vêtu d'une robe de chambre noire avec une cordelette dorée, le nez chaussé de lunettes, une lueur de curiosité dans les yeux.

« Non, non, répondit James d'un ton désinvolte. On vient juste de courir.

— Ah oui ? dit Mr Adder en s'approchant, les yeux fixés sur le calepin que James rempochait. « Et comment êtes-vous sortis ? Les portes sont fermées à minuit.

— On a couru dans les escaliers.

— Dans les escaliers ?

— Je sais que j'ai l'air maligne ! lança Agatha. Mais à la maison, j'ai un de ces appareils pour m'exercer, vous savez, une machine à escaliers. Oui, c'est de la vanité. Je voulais tellement être en forme pour mon examen médical de demain matin, alors j'ai dit à James "On s'entraîne un peu dans l'escalier. Avec une moquette aussi épaisse, on ne dérangera personne". »

Le regard perspicace de Mr Adder la mettait fort mal à l'aise. « Alors, vous êtes en meilleure forme que je ne l'aurais cru, Mrs Raisin. Vous n'êtes ni essoufflée, ni en sueur.

— Ah, merci ! s'exclama-t-elle. Je dois être en forme, en effet. Cela dit, je reconnais que je suis un tout petit peu fatiguée. On va au lit, chéri ?

— Bonne idée, répondit James. À demain matin, Mr Adder. »

Il leur barra le chemin : « Vous ne devriez pas vous faire de programme personnel, sinon tout votre séjour sera une perte de temps et d'argent. Et évitez de circuler la nuit.

— Très bien », dit James en passant un bras autour des épaules d'Agatha.

Ils contournèrent Mr Adder.

Agatha se retourna pendant qu'ils se dirigeaient vers l'escalier. Mr Adder essayait la porte du bureau pour s'assurer qu'elle était bien fermée.

« Eh bien dis donc ! Tu crois qu'il a avalé ça ? demanda-t-elle quand ils eurent regagné leur chambre.

— Non, mais il a dû croire que nous cherchions les cuisines, et il a vérifié la porte du bureau par acquit de conscience. Quant au registre, j'ai recopié les noms des personnes vivant près de Mircester qui se trouvaient ici en même temps que Jimmy. » Il ouvrit son calepin : « Voyons... Sir William Der-

ringon et lady Derrington, un certaine miss Janet Purvey et une Mrs Gloria Comfort. Et sitôt partis d'ici, nous irons à Charles Street à Londres pour voir si Mrs Gore-Appleton habite toujours à l'adresse indiquée. Après quoi, nous passerons à l'examen des autres personnes.
— Tu as payé d'avance pour la semaine entière ?
— Oui.
— Alors tu ne crois pas que nous devrions rester toute la semaine, histoire d'en avoir pour notre argent ?
— Je crèverais d'ennui », dit James en se détournant pour prendre son pyjama, sans remarquer le regard carrément meurtri d'Agatha. « On n'a qu'à se faire faire un bilan médical chacun, un massage, aller à la piscine, et filer en vitesse. »
Le lendemain, Agatha découvrit que sa tension et son taux de cholestérol étaient tous deux un peu trop élevés. Après un petit déjeuner de fruits et de muesli, elle regarda son programme et alla chez le masseur pour se faire étirer et malaxer, puis au sauna et enfin à la gym pour la séance d'aérobic du matin.
James était déjà dans la salle. Le cours était assuré par une blonde aux longues jambes et à la plastique fabuleuse. Il n'échappa pas à Agatha, soufflante et suante, que les yeux de James étaient rivés sur la créature de rêve qui menait la danse. Elle qui voulait rester toute la semaine se découvrit soudain pressée de vider les lieux. Dès la fin du

cours, elle attendit en piaffant que James ait fini de bavarder avec la monitrice blonde.

Pendant le déjeuner – une portion congrue de salade et un jus de fruits – James regarda sa fiche : « Programme léger pour moi le premier jour, dit-il. Je n'ai pas grand-chose cet après-midi. Ça te dit d'aller à la piscine ? »

Agatha eut soudain une image mentale très nette de son propre corps à côté de la splendide monitrice. Elle secoua la tête. « Je croyais qu'on devait commencer notre enquête ?

– C'est vrai, répondit-il tranquillement. Mais je croyais que tu voulais rester.

– Mr Adder n'arrête pas de nous regarder, mine de rien.

– Agatha, je ne te crois pas. J'ai plutôt l'impression que tu as eu du mal à suivre le cours d'aérobic ce matin.

– Tu plaisantes. J'ai été un peu essoufflée, c'est tout.

– Je ne pense pas qu'il faille s'inquiéter pour Adder. C'est plutôt agréable, cet endroit. »

Il rit en voyant le regard perplexe d'Agatha. « Ça va. On part. Quelle excuse allons-nous invoquer ?

– J'ai des caprices. Je suis imprévisible. J'ai changé d'avis.

– Ça devrait marcher. Si tu as fini, va faire tes valises, je m'occupe de Mr Adder. »

Mais James trouva en Mr Adder un interlocuteur beaucoup moins commode que prévu. Celui-ci écouta en silence les explications de James concernant les caprices de sa femme, puis il déclara :

« Nous ne remboursons pas.

— Je n'y comptais pas », répliqua James avec désinvolture.

Mr Adder se pencha en avant.

« Avez-vous entendu parler de la thérapie comportementale dans les cas de codépendance ? demanda-t-il.

— Pardon ?

— Je crois que vous devriez vous faire aider, Mr Perth. Nous avons à cœur de fournir à nos clients les meilleurs services, ce qui suppose que nous nous occupons de leur santé mentale au même titre que de leur bien-être physique. Vous semblez jouir d'une forme physique parfaite et pourtant, vous êtes marié à une femme qui vous fait lever au milieu de la nuit pour courir dans les escaliers. Et je note que vous avez accepté sans broncher son caprice de partir d'ici. *Vous êtes pris en otage, Mr Perth.*

— Oh, Agatha et moi nous entendons bien. »

Mr Adder se pencha et tapota le genou de James. « Pourvu que vous fassiez ses quatre volontés, n'est-ce pas ? »

James prit un air fuyant. « Ah, mais vous comprenez, c'est elle qui a l'argent.

— Et vous acceptez tous ses caprices parce que c'est elle qui tient les cordons de la bourse ?

– Et pourquoi pas ? Je ne rajeunis pas. Je n'ai pas envie d'aller chercher du travail à mon âge. »

Une lueur de mépris apparut dans les yeux de Mr Adder. « Si vous préférez gagner votre vie en obéissant à votre femme au doigt et à l'œil, alors, je ne peux rien pour vous. Mais jamais je n'ai rencontré d'homme à l'aspect plus trompeur. J'aurais cru que vous aviez une forte personnalité, une moralité irréprochable, des convictions fortes, et que vous n'étiez pas du genre à vous laisser faire par qui que ce soit.

– Je commence à vous trouver un tantinet impertinent, Mr Adder.

– Pardon. J'essayais seulement de rendre service. »

James se leva et s'enfuit à l'étage Il raconta à Agatha, non sans délectation, qu'il passait à présent pour un parasite de premier ordre qui se laissait mener par sa femme.

Au grand agacement d'Agatha, la beauté blonde qui faisait le cours d'aérobic sortit pour dire au revoir à James. Agatha, qui attendait impatiemment dans la voiture, se demanda ce qu'ils pouvaient bien se dire. Elle vit James prendre son calepin et y inscrire quelque chose. Son numéro de téléphone ? La jalousie d'Agatha flamba. James ne lui appartenait plus, et il était donc une proie pour la première harpie qui voulait refermer sur lui ses griffes vernies.

James prit enfin place sur le siège du conducteur.

« Vous parliez de quoi ? » demanda Agatha, s'efforçant de prendre un ton détaché.

– Oh, on bavardait. Je crois qu'il faut aller tout droit à Londres, à cette adresse de Charles Street. »

Le voyage s'effectua dans un silence presque complet. Agatha était aux prises avec un mélange d'émotions aussi nombreuses que superflues, et James était perdu dans ses pensées.

À Charles Street, Mayfair, ils se cassèrent le nez. Aucune Mrs Gore-Appleton n'avait jamais habité à cette adresse.

– Elle n'a pas payé par chèque ou carte bleue ?

– Non, elle a payé en liquide. C'est noté dans le dossier.

– Merde. Qu'est-ce qu'on fait maintenant ?

– On retourne à Carsely pour la nuit. Et demain, on tentera notre chance avec sir Desmond Derrington. »

Agatha ne ferma pas l'œil de la nuit. Elle était bien décidée à trouver ce que James avait écrit dans son calepin pendant sa conversation avec la prêtresse de l'aérobic.

Elle attendit d'être sûre qu'il dormait et se glissa dans sa chambre. Le clair de lune l'illuminait et elle vit son pantalon posé sur le dossier d'une chaise. L'extrémité du calepin sortait de la poche arrière.

Elle garda un œil prudent sur la silhouette endormie dans le lit, dégagea doucement le calepin qu'elle emporta dans sa chambre. Elle le feuilleta et alla à la dernière notation. Elle avait appris à déchiffrer les pattes de mouches de James et lut avec stupéfaction : « Codépendants Anonymes. » Suivaient une adresse londonienne et le numéro d'un « contact ».

La salope ! pensa Agatha, oubliant un instant qu'elle était censée être une femme capricieuse et dominatrice, avec un mari qui dépendait d'elle financièrement.

« Alors, maintenant que vous avez satisfait votre curiosité, madame, pensez-vous que je pourrais récupérer mon calepin ? » demanda la voix de James qui, debout dans l'encadrement de la porte, la regardait.

Le rouge de la culpabilité lui monta aux joues : « Je cherchais seulement les noms que tu as trouvés dans le bureau.

— Tu n'es pas à la bonne page. Tu es censée être une femme riche et tyrannique et moi une lavette et une sangsue, ne l'oublie pas. D'où le conseil pour une thérapie. »

Tout ce qu'Agatha trouva à répondre fut : « Je te croyais endormi.

— J'ai le sommeil léger, tu devrais le savoir.

— Désolée, James, marmonna Agatha. Retourne te coucher. »

4

Sir Desmond Derrington habitait une agréable demeure typique des Cotswolds, à quelques kilomètres de Mircester, sur la route d'Oxford. En approchant de leur destination, Agatha vit une pancarte accrochée à un arbre annonçant que les jardins de sir Desmond étaient ouverts au public ce jour-là.

« J'espère qu'il est là, dit James. Pourvu qu'il ne soit pas parti en laissant aux dames du village le soin de faire visiter les lieux aux touristes. »

Agatha, à l'affût de quiconque pourrait avoir l'air d'un assassin, fut déçue en voyant sir Desmond. Il était penché sur un arbuste décoratif dont il dévidait l'histoire et les détails de la plantation à une grosse dame qui se balançait d'un pied sur l'autre, l'air gêné, et semblait regretter d'avoir eu l'idée de poser une question pareille. Sir Desmond avait l'air d'un notable local : un homme d'âge mûr, grisonnant, avec un long nez et une épouse à la voix claironnante qui pérorait dans une autre partie du jardin. Lady Derrington portait une robe en coton imprimé à manches courtes malgré la température fraîche. Elle avait des fesses plates et dures et une poitrine plate et dure. Une permanente rigide maintenait en place ses cheveux bruns et son nez aristocratique s'abaissait vers chaque fleur et plante avec un air légèrement condescendant, comme si elles étaient toutes sorties de terre sans sa permission.

La grosse dame s'éloigna de sir Desmond en se dandinant et James s'approcha de ce dernier. « J'admirais la belle glycine que vous avez sur ce mur là-bas, dit-il.

– Oh, celle-ci ! Sir Desmond plissa ses yeux de myope en direction du mur de la maison. Très jolie au printemps. Elle fait des fleurs en quantité.

– J'ai un peu de mal avec la mienne, dit James. Je l'ai plantée il y a deux ans, mais elle ne pousse pas beaucoup et fait très peu de fleurs.

– Où l'avez-vous achetée ?

– Chez Brakeham.

– Ah, ceux-là ! » Sir Desmond poussa un grognement méprisant. « Je ne prends rien chez eux. On a fait cadeau à Hetty, ma femme, d'un hortensia venant de chez eux. Il a crevé au bout d'une semaine. Et vous savez pourquoi ? » Sir Desmond pointa un long doigt qu'il appuya sur la poitrine de James. « Pas de racines !

– Ce n'est pas vrai ! Eh bien, je les éviterai soigneusement à l'avenir. »

Agatha s'approcha dans l'intention de se joindre à eux. Sir Desmond continuait : « Ce ne sont pas les filous qui manquent. Où habitez-vous ?
— À Carsely.
— Eh bien figurez-vous que je suis allé voir les jardins là-bas un jour où ils étaient ouverts au public. Une femme avait acheté dans une pépinière toutes ses plantes déjà adultes et essayait de faire croire qu'elle les avait semées elle-même ! Elle ne savait même pas leurs noms ! »

Se reconnaissant dans cette description, Agatha s'éloigna et laissa James faire la causette à sir Desmond.

Elle s'approcha de lady Derrington. « Joli jardin, dit-elle.
— Merci. Nous avons des plantes à la vente sur les tables à côté de la maison. À des prix très raisonnables. Et il y a du thé et des gâteaux. Notre intendante est très douée pour la pâtisserie. Suivez les autres. Angela, très chère, quel plaisir de vous voir ! »

Elle se détourna, et Agatha regarda James, en grande conversation avec sir Desmond. Espérant qu'ils parlaient à présent d'autre chose que de cette horrible bonne femme de Carsely, elle alla les rejoindre. Ils échangeaient des anecdotes de l'armée. Agatha attendit non sans impatience et étouffa un bâillement.

« J'allais faire une petite pause pour le thé, dit enfin sir Desmond. Vous vous joindrez bien à nous ? Les femmes du village sont tout à fait capables de s'occuper des visiteurs. »

James présenta Agatha comme sa femme, Mrs Perth. Agatha s'étonna de le voir prolonger la supercherie, mais James ne voulait pas que sir Desmond puisse faire le lien entre elle et la jardinière scandaleuse de Carsely.

Sir Desmond les escorta jusqu'à sa femme. Lady Derrington eut l'air vaguement mécontente de voir que deux inconnus avaient été invités à prendre le thé. Agatha la soupçonna de regretter qu'ils n'aient pas payé pour cela.

Ils se trouvaient dans un agréable salon. Les feuilles de la glycine frémissaient et se balançaient à l'extérieur des fenêtres, laissant filtrer dans la pièce une lumière mouchetée. Deux chiens somnolents se levèrent à leur arrivée ; ils bâillèrent et s'étirèrent avant de se recoucher en rond et de se rendormir. Lady Derrington jeta une buche sur le feu, puis servit le thé. Pas de gâteaux, remarqua Agatha, aux aguets. Des biscuits plutôt durs. Elle aurait bien fumé, mais il n'y avait aucun cendrier en vue.

Ils parlèrent un moment de Carsely, puis James s'appuya au dossier de son fauteuil, étira ses longues jambes et dit d'un ton faussement désinvolte : « Ma femme et moi rentrons d'un court séjour à Hunters Field. »

La main de sir Desmond, qui portait une tasse à ses lèvres, s'arrêta à mi-parcours. « Qu'est-ce que c'est ? s'enquit-il d'un ton brusque.

— C'est ce centre de remise en forme, tu sais bien, dit sa femme. Hors de prix. Les Pomfret y sont allés. Mais ils ont de l'argent à jeter par les fenêtres.

— Mais vous y avez séjourné tous les deux, dit James. Vous y étiez en même temps que deux de nos connaissances, Mrs Gore-Appleton et Jimmy Raisin.

— Nous n'y avons jamais mis les pieds et je n'ai jamais entendu parler de ces personnes, dit sir Desmond d'un ton uni. Et maintenant, si vous voulez bien m'excuser... »

Il se leva, alla jusqu'à la porte et tint le battant ouvert. Sa femme parut surprise, mais ne dit rien.

Il partit à grands pas furieux vers le jardin, suivi par James et Agatha, puis se retourna pour leur faire face.

« J'en ai assez des ordures comme vous. Vous n'aurez pas un penny. »

Il fila au pas de course, carambola deux visiteurs surpris et disparut au coin de la maison.

Agatha voulut se précipiter à sa suite, mais James la retint. « Il a dû aller là-bas avec une autre femme que la sienne. Laisse tomber, Agatha. Quelqu'un devait le faire chanter, probablement Jimmy. Il est temps de dire à Bill Wong ce que nous savons. »

Ils laissèrent un message à Bill en rentrant, mais ne le virent que le lendemain.

Il arriva dans l'après-midi. Quand elle ouvrit la

porte, Agatha aperçut dans la voiture l'horrible Maddie assise sur le siège passager. Bill suivit Agatha dans le salon.

« Café ? demanda James.

— Non, merci, je n'ai pas beaucoup de temps. Pourquoi vouliez-vous me voir ? »

Ils lui racontèrent leurs recherches, terminant par la visite à sir Desmond Derrington.

Le visage poupin de Bill Wong prit une expression sévère.

« J'ai passé toute la nuit là-bas, dit-il d'un ton sec. Sir Desmond est mort. En apparence, c'est un accident : son fusil est parti pendant qu'il le nettoyait. Seulement voilà : il le nettoyait en pleine nuit. À ce que je comprends maintenant, il a cru que vous preniez la suite de Jimmy Raisin après la mort de celui-ci. Nous avons réveillé les responsables du centre de remise en forme à deux heures du matin. Sir Desmond y a séjourné en même temps que Jimmy Raisin avec une femme qui se faisait passer pour lady Derrington. C'est la véritable lady Derrington qui a l'argent. Si elle avait divorcé, sir Desmond se serait retrouvé quasiment sans le sou. Il a versé la somme de cinq cents livres par mois pendant un an, sans doute l'année où Jimmy Raisin est resté sobre, puis les paiements ont cessé. Il était fier de sa position dans la communauté — magistrat local, etc. Est-ce que vous vous rendez compte qu'en allant fourrer votre nez partout, vous deux, vous l'avez peut-être tué ?

– Oh non ! s'écria James, horrifié. C'était sûrement un accident...

– Pourquoi décider de nettoyer un fusil en pleine nuit, juste après votre visite ? demanda Bill d'une voix lasse. Il est dangereux de vouloir se mêler d'une enquête de police. »

James jeta un regard de biais au visage épouvanté d'Agatha.

« Écoutez, nous allions vous transmettre ces informations de toute façon. Que se serait-il passé alors ? Vous auriez commencé par aller au centre de remise en forme, puis vous seriez allés voir sir Desmond. Est-ce que vous auriez pensé à demander au personnel du centre de décrire la femme qui se faisait appeler lady Derrington ? Bien sûr que non. Alors vous vous seriez adressés à sir Desmond, il aurait compris que sa femme allait découvrir le pot aux roses et le résultat aurait été le même.

– Nous y avons pensé. Mais Maddie dit qu'une visite de la police l'aurait sans doute moins ébranlé que la venue de deux personnes qu'il a prises pour un couple de maîtres chanteurs.

– Maddie dit, Maddie dit, railla Agatha d'une voix étranglée. Vous croyez que c'est son cul qui brille dans le ciel à midi ? »

Il y eut un silence choqué. Agatha rougit.

« Monte donc te remaquiller », dit posément James. Lorsqu'elle eut quitté la pièce, il s'adressa à Bill : « Agatha a entendu par hasard une conversation regrettable entre Maddie et vous au pub, à Mircester. Les toilettes sont juste derrière l'endroit où vous étiez assis. Maddie essayait de vous persuader de venir chez nous pour nous tirer les vers du nez. J'ai cru comprendre que ses remarques sur Agatha étaient assez désobligeantes. Si Agatha n'avait pas été aussi blessée et si je n'avais pas compati, nous vous aurions sans doute parlé de tout cela plus tôt. L'amitié, poursuivit James d'un ton sentencieux, est une chose précieuse. Il vous suffisait de dire à Maddie que vous viendriez nous voir de toute façon dans le cadre de votre enquête. Vous ne croyez pas qu'elle essaie de vous utiliser pour découvrir des informations supplémentaires qui lui permettraient de résoudre cette affaire elle-même ?

– Mais non. Certainement pas ! s'indigna Bill. C'est une enquêtrice consciencieuse et zélée.

– Ah, vraiment ? Eh bien, revenons-en à la question de la mort de sir Desmond. C'est sa femme qui tenait les cordons de la bourse. Alors comment s'y prenait-il pour verser cinq cents livres par mois sans que sa femme s'en aperçoive, si c'était la somme demandée par le maître chanteur et non de l'argent destiné à une jeune maîtresse ?

– Il était bénéficiaire de la fiducie familiale de lady Derrington, ce qui lui assurait un revenu mensuel généreux. Mais à sa façon discrète, sir Desmond avait un style de vie plutôt dispendieux. La chasse, par exemple, coûte cher, sans parler des chemises de Jermyn Street et des complets de Savile Row. Lady Derrington ne vérifiait jamais le compte en banque de son mari. Or il était à découvert chaque mois. Ce qu'elle ignorait.

— J'en conclus donc que vous autres, policiers sans états d'âme, vous lui avez appris l'existence d'une maîtresse. Comment lady Derrington a-t-elle pris la nouvelle ?

— Froidement. "Quel vieux crétin !" voilà ce qu'elle a dit.

— Et qui est la sirène qui a charmé sir Desmond ?

— Une secrétaire de la chambre des Communes, qui travaille pour un député, ami de sir Desmond. Nous essayons de la contacter. Elle est en ce moment en vacances à la Barbade. Une certaine Helen Warwick. Pas une jeunette. Une blonde, oui, mais la quarantaine bien sonnée.

— Mariée ?

— Non.

— Donc pas de chantage de ce côté-là ?

— On attend d'en savoir davantage. C'est une personne respectable, et elle peut ne pas vouloir être mêlée à un divorce. Écoutez, il faut que je voie Agatha. Les remarques surprises par hasard sont toujours pires que celles qu'on peut échanger face à face.

— Laissons ça de côté pour l'instant, dit James d'un ton sec. Je lui parlerai.

— En tout cas, ne jouez plus les détectives sans m'en parler. D'ailleurs, ne jouez plus les détectives du tout. »

Bill sortit et s'installa dans la voiture à côté de Maddie.

« Alors, demanda-t-elle, est-ce que tu as dit à ces deux fouineurs ce que tu pensais d'eux ?

— C'est moi qui ai été mis sur la sellette. Agatha a surpris notre conversation au pub. Tu me demandais de les sonder et elle a aussi entendu certaines de tes réflexions peu flatteuses.

— Bien fait pour elle », dit Maddie avec un haussement d'épaules.

Pour la première fois, Bill fit une distinction entre le désir et l'amour. L'espace d'un court instant, il se demanda s'il éprouvait la moindre sympathie pour Maddie, mais quand elle croisa ses jambes gainées de bas noirs, le désir reprit le dessus et fit rebasculer tous ses sentiments en mode romantique.

Agatha revint dans le salon et demanda d'une voix lasse :

« Il est parti ?

— Oui, et culpabilisé à mort de t'avoir blessée », répondit James en scrutant le visage de sa compagne.

Elle s'était démaquillée et avait passé un vieux pull, une jupe assez informe et des chaussures plates. Il s'était toujours dit en son for intérieur que les femmes n'avaient pas besoin de se tartiner de fond de teint, mais il dut reconnaître qu'il regrettait l'Agatha perchée sur ses talons aiguilles, maquillée, avec son parfum français et ses bas en voile fin. Il ne lui avait pas pardonné de l'avoir ridiculisé le jour du mariage. Au fond de son cœur, il savait qu'il ne lui pardonnerait jamais et il ne voulait donc pas retomber amoureux d'elle, mais il n'aimait pas la voir aussi déprimée et anéantie.

« Bill nous a demandé de lâcher l'affaire, comme toujours, dit-il. Mais moi, je suis d'avis de ne pas l'écouter. Ça devrait te remonter le moral. On va passer une journée tranquille, et puis on ira voir la prochaine personne sur la liste, miss Janet Purvey.

– Pour qu'elle se tue aussi ?

– Écoute, Agatha ! Sir Desmond se serait fait coincer de toute façon, et le résultat aurait été le même. Tu veux qu'on aille dîner dehors ?

– Je te dirai ça plus tard. J'ai promis d'aller à Ancombe avec la Société des dames de Carsely. Nos homologues d'Ancombe nous reçoivent. Elles ont monté une revue.

– Ah, les joies de la vie à la campagne ! Amuse-toi bien, alors.

– À la Société des dames d'Ancombe ? Tu rigoles ?

– Alors pourquoi y vas-tu ?

– Mrs Bloxby s'attend à ce que j'y aille.

– Ah, dans ce cas... »

Agatha n'était pas pratiquante. Il lui arrivait même de se demander si elle croyait en Dieu. Mais elle était superstitieuse et pensa confusément que la punition divine pour la mort de sir Desmond commençait quand Mrs Bloxby, se confondant en excuses, lui demanda si cela ne l'ennuyait pas trop de conduire les Boggle jusqu'à Ancombe.

« Je sais bien, Agatha, déplora Mrs Bloxby, mais nous avons tiré au sort en mettant des noms dans un chapeau avant que vous n'arriviez, et c'est vous qui avez hérité des Boggle. Ancombe n'est pas très loin, à cinq minutes au plus.

– Soit », dit Agatha, résignée.

Elle prit la voiture pour aller jusqu'au pavillon des Boggle, dans le lotissement communal. Comme la plupart des autres occupants, les Boggle avaient acheté leur maison et l'avaient baptisée Culloden[1]. Comment James a-t-il pu s'imaginer une seconde que je supporterais de vivre dans un endroit pareil ? se dit Agatha. C'était certes une solide construction en pierre, mais elle était absolument identique à toutes les autres alentour. Elle regarda d'un œil morose le pavillon dont la porte s'ouvrit sur la silhouette trapue de Mrs Boggle, suivie par son mari.

« Vous allez rester plantée là toute la journée ou vous venez m'aider ? » grommela Mrs Boggle.

Agatha réprima un soupir et s'avança pour soutenir la masse de Mrs Boggle, qui sentait les frites et la lavande, et l'aider à monter dans la voiture.

---

[1]. Du nom d'une bataille célèbre et sanglante où le prétendant Stuart à la Couronne et ses partisans écossais furent écrasés par les forces anglaises le 18 avril 1748.

Le couple s'installa à l'arrière, et Agatha, telle un chauffeur, se mit au volant. Mrs Boggle lui enfonça son index dans le dos lorsqu'elle s'apprêta à démarrer. « On ne devrait pas monter avec une femme dans votre genre, dit-elle. Ce pauvre Mr Lacey. Si c'est pas malheureux. »

Agatha se retourna, le visage en feu.

« La ferme, vieille chipie, dit-elle méchamment. Vous préférez marcher ?

– Alors ça ! Comment qu'elle me cause : je le dirai à Mrs Bloxby », marmonna Mrs Boggle qui, malgré tout, n'ouvrit plus la bouche pendant le trajet jusqu'à Ancombe.

Agatha déposa les deux Boggle devant la salle paroissiale, leur dit d'entrer et alla rejoindre Mrs Mason, la présidente de la Société des dames de Carsely, miss Simms, la secrétaire, et Mrs Bloxby. « Je vous plains d'avoir hérité des Boggle, dit miss Simms, la mère célibataire de Carsely. Mais dites-vous que c'est moi qui les ai trimbalés la dernière fois.

– Je ne savais pas que vous aviez une voiture, répliqua Agatha.

– Mon ami m'en a offert une. On ne peut pas lui reprocher de m'entretenir dans le luxe. Ce n'est pas une Porsche, mais une vieille Renault 5 toute rouillée. »

Agatha se tourna vers Mrs Bloxby : « Dites-moi, la femme qui m'a acheté mon cottage va-t-elle faire partie de la Société ?

– Je le lui ai proposé, répondit la femme du pasteur. Mais elle a répondu que ça ne lui disait rien, et elle m'a fermé la porte au nez.

– Oh, la punaise ! Je me mords les doigts de lui avoir vendu ma maison ! Il faut que je cherche ailleurs. Je ne peux pas squatter chez James indéfiniment. »

Et elle entra dans la salle paroissiale.

« Eh bien dites donc ! s'exclama miss Simms en ôtant un brin de tabac d'entre ses dents. Moi qui croyais que le mariage aurait lieu tôt ou tard. »

Doris Simpson, la femme de ménage d'Agatha, les rejoignit. « Cette pauvre Agatha, dit-elle. Sa maison lui manque, et mes ménages chez elle me manquent aussi.

– Vous ne travaillez donc pas pour Mr Lacey ? demanda miss Simms.

– Non, il fait son ménage lui-même. Et ça, c'est pas normal pour un homme, si vous voulez mon avis.

– J'ai eu un type comme ça, une fois, dit miss Simms. Il m'a quittée pour un autre homme. Comme quoi, hein !

– Je ne crois pas que notre Mr Lacey penche de ce côté-là, glissa Mrs Bloxby.

– On ne sait jamais. Il y en a qui ne sortent du placard que sur le tard, et là, ils clament partout : "C'est ça la vraie vie !" La femme et les gamins n'ont qu'à aller se faire voir, dit Mrs Simpson.

– Chez les Grecs, évidemment ! conclut miss Simms en gloussant.
– On y va, mesdames ? » suggéra la femme du pasteur.

La revue consistait en une suite de chansons et de sketchs. Comme toujours dans les spectacles d'amateurs, la chanteuse qui occupait le plus souvent la scène était celle qui avait le moins de voix. Elle avait choisi d'interpréter un pot-pourri des comédies musicales d'Andrew Lloyd Webber, et elle faisait des couacs dans les aigus, était inaudible dans les basses et vous vrillait les oreilles entre les deux. Son interprétation de *Don't cry for me, Argentina* avait de quoi couper le sifflet à une porcherie tout entière, se dit aigrement Agatha.

Normalement, quand elle était de sortie et qu'elle s'ennuyait, elle pensait au plaisir qu'elle aurait à rentrer chez elle et à retrouver ses chats. Mais que faire maintenant sinon rentrer chez James, dans cet univers bien ordonné où elle se sentait comme interdite de séjour.

Quelle sale bonne femme, cette Mrs Hardy ! Puis elle étouffa un petit hoquet de surprise. Mrs Hardy, pourquoi pas elle ? Venue de Dieu sait où. Personne ne savait rien d'elle. Et son arrivée au village avait coïncidé avec la mort de Jimmy Raisin. Ce fut à peine si Agatha entendit le reste du concert. Elle n'avait qu'une hâte : rentrer pour faire part à James de ses soupçons. Mais il y avait encore le thé à prendre et ces deux grognons, les Boggle, à raccompagner chez eux.

Lorsqu'elle fut de retour, son intuition merveilleuse avait cédé la place au doute. Elle n'en communiqua pas moins ses soupçons à James. À son grand soulagement, il l'écouta sérieusement et dit : « Je me posais des questions moi-même au sujet de cette femme. Apparemment, il ne sert pas à grand-chose d'essayer de lui parler, elle n'a pas l'air d'être très bavarde, c'est le moins que l'on puisse dire. »

On sonna à la porte et Agatha alla répondre. C'était Mrs Bloxby. « Entrez, dit Agatha.

– Je n'ai pas le temps. Je vous ai rapporté votre écharpe. Vous l'aviez oubliée dans la salle. Je vais juste chercher les clés chez Mrs Hardy. Je ne sais pas pourquoi, elle tient à ce que j'aie un double pendant qu'elle est à Londres. Je lui ai dit de le confier à notre agent de police, Fred Griggs, mais elle m'a dit qu'elle ne voulait pas.

– Quand part-elle ?

– D'une minute à l'autre, je crois. Il faut que j'y aille. »

Agatha la remercia pour l'écharpe et retourna au salon, pensive.

« Il y a du nouveau, dit-elle en s'asseyant face à James. La voisine part à Londres. Elle a laissé le double de ses clés à Mrs Bloxby. Ça serait intéressant d'aller jeter un coup d'œil chez elle, non ?

– On peut difficilement demander les clés à

Mrs Bloxby. Et je me vois mal en train de crocheter la serrure en plein jour.

— Mais j'ai un trousseau de rechange pour le cottage. Je l'ai retrouvé dans ma valise.

— Elle n'aura pas changé les serrures ?

— J'ai comme l'impression que cette bonne femme n'est pas du genre à faire des dépenses qu'elle peut éviter. Imagine, James, si c'était elle, Mrs Gore-Appleton ?

— Trop beau pour être vrai. Mais je suis curieux d'en savoir davantage sur elle. Comment pouvons-nous entrer sans nous faire remarquer ? Dans ce village, il y a toujours quelqu'un qui circule quand on n'a envie de voir personne, et on ne peut pas attendre le milieu de la nuit. Mrs Bloxby n'a pas dit quand l'autre comptait rentrer, si ?

— Non. Mais j'ai la clé de la porte de derrière. Il nous suffit de sortir, de passer par-dessus la clôture de ton jardin et ensuite par-dessus l'autre pour se retrouver dans le mien – je veux dire le sien.

— D'accord. Je vais aller désherber le jardin de devant, histoire de la voir partir. »

Au bout d'une demi-heure, James, courbé en deux sur un massif, se disait que Mrs Hardy avait peut-être changé d'avis ; mais quand il se redressa, il eut le plaisir de voir le visage renfrogné de la voisine derrière le volant de sa voiture, en train de descendre Lilac Lane. Il tendit le cou pour mieux entendre le bruit du moteur et vit la voiture s'éloigner à travers le village, puis escalader la colline et quitter Carsely.

Il rentra. « C'est bon, Agatha, dit-il. Allons-y. »

Agatha escalada la clôture du jardin de James en se disant que le travail de détective était un peu trop physique pour une femme d'un certain âge. James, qui avait franchi l'obstacle avec légèreté et traversé l'étroite allée séparant son jardin de celui de Mrs Hardy, passait déjà par-dessus l'autre clôture.

Ainsi, James s'attendait à ce qu'elle se débrouille pour le suivre, sans se soucier de lui tendre une main secourable ? Elle eut l'impression d'être traitée comme un homme. Brusquement, elle eut envie que James lui prête attention, la regarde comme un homme devrait regarder une femme. Elle se dit que lorsqu'elle enjamberait la palissade de Mrs Hardy, elle l'appellerait au secours. Il lui tendrait les bras et elle y tomberait, les yeux fermés, en murmurant « James, oh, James ».

« Aide-moi ! » lança-t-elle à mi-voix. Elle atterrit de l'autre côté, trébucha et s'étala la tête la première dans un massif de fleurs. En se relevant, elle jeta un regard noir à James. Totalement inconscient du scénario romantique qu'elle avait fantasmé, il était en train d'ouvrir la porte de la cuisine. Agatha se secoua mentalement. Allons, elle ne l'aimait plus. Mais elle s'était si bien habituée à être amoureuse, à avoir le cerveau rempli de rêves bleus, que sans eux elle était livrée à elle-même. Et elle n'appréciait guère sa propre compagnie.

Elle regarda son jardin en se dirigeant vers la porte de derrière. Envahi de mauvaises herbes, il avait un aspect négligé.

À l'intérieur de la maison, elle examina la cuisine. Impeccable et stérile. Elle ouvrit le frigidaire. Vide, hormis une bouteille de lait et du beurre. Elle allait ouvrir le compartiment congélateur quand James lança d'un ton agacé derrière elle : « On n'est pas là pour voir ce qu'elle mange, mais qui elle est. »

Elle le suivit dans le salon. Agatha ne s'était jamais flattée d'avoir un goût exquis, mais en promenant son regard sur ce qui était autrefois son salon coquet, avec son confort à l'anglaise, elle eut l'impression que SON cottage avait subi une espèce de viol. Le sol était couvert d'une moquette beige rosé. Il y avait un canapé et deux fauteuils assortis en velours beige rosé, avec des accoudoirs garnis de glands dorés et une frange dorée qui courait au-dessus de leurs pieds massifs. Une table basse en verre luisait froidement. Ni tableaux ni livres. Sa jolie cheminée ouverte avait été bouchée et on avait installé devant elle un radiateur électrique imitant un poêle.

« Il n'y a absolument rien ici, dit James. Je vais voir à l'étage. Toi, reste faire le guêt en bas. » Agatha acquiesça avec soulagement, préférant ne pas voir ce qu'avait fait Mrs Hardy du reste du cottage. Elle s'approcha de la fenêtre et regarda au-dehors.

L'automne était arrivé. Une brume légère s'enroulait autour des branches du lilas près de la grille. L'eau gouttait tristement du toit de chaume.

Agatha se demanda brusquement ce qu'elle faisait à la campagne, un sentiment qui ne l'assaillait qu'à l'automne. C'étaient les brouillards des Cotswolds qui la déprimaient. L'hiver dernier n'avait pas été trop rude, mais le précédent avait été une horreur : quand elle allait faire ses courses à Moreton-in-Marsh ou à Evesham, elle était obligée de conduire au pas, avec ses feux antibrouillard allumés, parfois sans savoir si elle était encore sur la route. Au retour, le brouillard montait du sol et semblait se dresser et se déployer en hautes formes mouvantes ; ses yeux la brûlaient et elle appelait de tous ses vœux le vent pour qu'il dissipe ces brumes épaisses.

À Londres, il y avait des magasins brillamment éclairés, des métros et des autobus, des théâtres et des cinémas. Elle pouvait certes trouver tout cela à Oxford, mais la ville était à cinquante kilomètres : cinquante kilomètres de route dans le brouillard.

Elle entendit James l'appeler à mi-voix : « Viens donc voir ça. »

Elle monta l'escalier quatre à quatre.

« Par ici, dit-il. Dans la grande chambre. »

Un vaste lit à baldaquin occupait l'essentiel de l'espace, un lit moderne. « Comment a-t-elle pu faire monter un truc pareil au premier ? s'étonna Agatha.

– Peu importe. Regarde ça. Et ne touche à rien. Je vais tout remettre comme je l'ai trouvé. »

Il avait étalé des papiers sur le sol. Agatha s'agenouilla pour les examiner. Tous ses espoirs de découvrir que la mystérieuse Mrs Hardy était l'introuvable Mrs Gore-Appleton s'évanouirent instantanément.

Il y avait un acte de naissance : Mary Bexley, née à Sheffield en 1941. Puis un certificat de mariage. Mary Bexley avait épousé un certain John Hardy en 1965. Le certificat de décès de John Hardy indiquait qu'il était mort dans un accident de voiture en 1972.

Les autres papiers étaient des carnets de chèques et des relevés bancaires au nom de Mary Hardy ; des photographies, ternes et sans intérêt. Feu John Hardy avait été apparemment directeur d'une firme d'appareils électroniques, et certaines photos le montraient lors de réunions professionnelles. Pas d'enfants.

« Bon, voilà qui clôt le débat », commenta Agatha d'un ton morne en se relevant pendant que James remettait tout soigneusement en place.

« On ira voir miss Janet Purvey demain », dit-il.

Miss Janet Purvey habitait à Aston-le-Walls, non loin du centre de remise en forme. C'était un village endormi niché dans la brume épaisse qui s'attardait sur la campagne. Des roses tardives laissaient pendre leurs corolles sur les murs. Des balsamines noircies par les premières gelées d'automne baissaient la tête en bordure des massifs. Les arbres viraient au roux et seuls les chants mélancoliques des oiseaux troublaient le silence du village d'Aston-le-Walls, où nul être vivant, hormis Agatha et James, ne semblait circuler dans le brouillard.

L'année s'achevait et Agatha avait l'impression d'être une étrangère, perdue et sans amour. La seule chose qui semblait les lier encore, James et elle, c'était cette enquête. Une fois celle-ci terminée, ils s'éloigneraient l'un de l'autre et deviendraient plus étrangers que jamais, comme s'ils n'avaient jamais dormi dans les bras l'un de l'autre.

Un poème qu'elle avait appris à l'école lui revint soudain en mémoire :

Ah toi, bon vent d'ouest, quand donc reviendras-tu
Et quand retombera du ciel la pluie jolie ?
Ah, tenir mon amour de mes bras revêtu,
Et me retrouver dans mon lit !

Elle avait le sentiment que si le vent dissipait brumes et brouillards, elle se sentirait mieux. L'automne semblait s'insinuer jusque dans son cerveau, avec son obscurité, ses feuilles mortes et le spectre menaçant de la décrépitude et de la vieillesse.

Miss Purvey habitait un cottage, The Pear Tree, au centre du village. Il faisait partie d'une rangée de maisonnettes identiques, sombres et secrètes, où ne brillait aucune lumière dans le brouillard.

Agatha n'avait pas demandé à James s'il connaissait l'âge de cette miss Purvey et redoutait de découvrir une blonde sophistiquée susceptible de conquérir le cœur de celui-ci.

Aussi son premier sentiment lorsque miss Purvey ouvrit la porte fut-il le soulagement, suivi de près par la condescendance, assortie de la pensée suivante : « Mal fagotée, la mémère ! »

Les gens d'un certain âge comme Agatha peuvent être extrêmement cruels envers les vieux, sans doute parce qu'ils se voient eux-mêmes dans un futur immédiat. Miss Purvey n'avait en fait pas plus de soixante-dix ans. Elle avait une bouche qui ressemblait à celle de Popeye, un petit nez, des yeux larmoyants mais pétillants, un visage ridé, le teint cireux et des cheveux blancs permanentés et filasse. Il n'y a qu'en Angleterre, se dit Agatha en regardant la ligne affaissée de la mâchoire, qu'on voit encore des femmes aisées se faire arracher toutes les dents. On était toujours dans le pays de George Orwell, où les gens ont de mauvaises dents ou pas de dents du tout.

« Je ne reçois pas les journalistes », dit miss Purvey. Sa voix affectée donnait l'impression qu'elle parlait avec une patate chaude dans la bouche.

« Nous ne sommes pas des journalistes, répondit James. La presse est venue chez vous ?

– Non, mais la police m'a posé des questions indiscrètes. Vous êtes des Témoins de Jéhovah ?

– Non, nous...

– Vous vendez quelque chose ?
– Non, dit James patiemment.
– Alors qu'est-ce que vous faites là ? »
La porte commença à se refermer doucement.
« Je suis Mrs Agatha Raisin, déclara Agatha en passant devant James.
– La veuve de l'homme qui s'est fait assassiner ?
– Oui.
– Alors, toutes mes condoléances, mais je ne peux rien pour vous.
– Je pense que si, miss Purvey, intervint James. Vous me paraissez être une femme charmante et intelligente. » Il sourit, et miss Purvey lui rendit soudain son sourire. « Nous cherchons à savoir ce que faisait le mari de Mrs Raisin au centre de remise en forme. Nous avons besoin d'une dame dotée de talents d'observation plutôt que d'un rapport de police brut.
– Eh bien... » Elle hésita. « Ma mère disait toujours que je remarquais ce qui échappait à la plupart des gens. Entrez, je vous en prie. »
Agatha se hâta de suivre James dans le cottage car elle sentait que miss Purvey aurait bien aimé lui claquer la porte au nez.
Il faisait aussi sombre à l'intérieur qu'à l'extérieur. Un petit feu brûlait dans la cheminée du salon. Il y avait des photographies partout : sur les nombreuses petites tables, sur le piano droit dans l'angle de la pièce et sur la cheminée. De vieilles photographies des jours ensoleillés d'autrefois.

« Alors, dit James quand ils furent assis, avez-vous parlé à Mr Raisin ?

— Un peu seulement. Et pour tout vous dire, j'ai trouvé bizarre qu'un homme comme lui séjourne dans un centre aussi coûteux.

— Mais vous l'avez vu ? demanda James. Quelle impression vous a-t-il faite ? »

Elle porta un doigt à son front, un peu comme le Dodo dans *Alice au pays des merveilles*.

« Il était très liant et bavardait avec tout le monde. Il allait de table en table aux repas. Il avait un rire tonitruant. Ses vêtements étaient de bonne qualité, mais on n'aurait pas dit que c'étaient les siens. Ce n'était pas un gentleman.

— Et Mrs Gore-Appleton ?

— Une dame très correcte. Mais elle se teignait les cheveux en blond doré, nuance invraisemblable pour son âge. Et ses tenues de sport étaient beaucoup trop voyantes.

— Était-elle amoureuse de Mr Raisin ? demanda James.

— Oh, ils étaient ensemble, et je l'ai vue sortir de sa chambre au milieu de la nuit », grinça miss Purvey, dont les lèvres se plissèrent en une moue si réprobatrice qu'elles disparurent dans ses rides.

— Mais vous, avez-vous eu affaire à lui personnellement ? glissa Agatha.

— Il a essayé... euh... *de m'emballer*. C'est comme cela qu'on dit aujourd'hui, n'est-ce pas ? Mais je n'ai rien voulu savoir. »

La même idée vint à l'esprit de James et d'Agatha en même temps, à savoir qu'il était difficile d'imaginer miss Purvey en train de repousser les avances d'un homme, quel qu'il soit. Il y avait une avidité manifeste dans la façon dont elle regardait James et se penchait sans cesse pour lui toucher le bras. « Après cela, poursuivit-elle, il a reporté ses attentions sur lady Derrington, ou la personne qui, d'après ce que je sais maintenant, se faisait passer pour elle. Je crains que ces centres de bien-être ne favorisent l'immoralité.

— La police a-t-elle évoqué devant vous la possibilité d'un chantage ? demanda James.

— Oui. Mais comme je l'ai fait remarquer, il existe encore des dames dignes de ce nom de nos jours. »

Les yeux de miss Purvey se posèrent brièvement sur Agatha, comme si elle l'excluait de cette catégorie.

« Qui aurait-il pu faire chanter, à votre avis ? demanda Agatha d'une voix que l'animosité crispait.

— Je ne sais pas s'il la faisait chanter elle. Mais il y avait là une certaine Mrs Gloria Comfort. Il était aux petits soins pour elle, et Mrs Gore-Appleton n'avait pas l'air d'y trouver à redire.

— Comment était-elle, cette femme ? continua Agatha. Je ne parle pas de son apparence, mais de sa personnalité.

— Eh bien, je le répète, c'était une dame », répondit miss Purvey de mauvaise grâce. Ses yeux se posèrent à nouveau sur Agatha. « Et si elle s'habillait mal, elle portait des vêtement chers. Elle était bien maquillée, assez mince, mais en excellente forme. »

Alors, adieu Mrs Hardy, pensa Agathe en évoquant mentalement l'image de sa voisine solidement charpentée. Elle nourrissait encore l'espoir que Mrs Hardy se révèle par miracle être l'insaisissable Mrs Gore-Appleton. Et puis, elle aurait tant voulu récupérer son cottage !

Elle commença à s'agiter. Miss Purvey lui inspirait une antipathie extrême et elle devenait claustrophobe dans ce petit salon sombre.

Mais James semblait bien décidé à poursuivre la discussion et, au grand dépit d'Agatha, il accepta un café. Il suivit miss Purvey dans la cuisine pour l'aider. Agatha se promena dans le salon et regarda les photos. Elles représentaient toutes miss Purvey à divers moments de sa vie. Agatha fut surprise de voir que jeune, elle avait été très jolie. Pourquoi ne s'était-elle jamais mariée ? Il y avait des parents et deux garçons qui devaient être ses frères. Et une photo de miss Purvey en débutante, à l'époque où les jeunes filles étaient encore présentées à la reine. La famille devait donc avoir de l'argent. Elle entendait ses deux compagnons bavarder dans la cuisine, puis un éclat de rire aguicheur de miss Purvey. Salaud de James !

Il revint de la cuisine avec miss Purvey dont le vieux visage était tout rose. À la grande surprise d'Agatha, l'attitude de miss Purvey à son égard avait changé. Elle insista pour lui faire goûter ses gâteaux, puis se mit à parler de la vie du village et du travail qu'elle faisait pour le Women's Institute. « Des personnes comme nous, Mrs Raisin, ont un rôle à jouer.

— Certainement, répondit Agatha d'une voix hésitante, se demandant ce qui avait provoqué ce revirement, sans se douter que James avait glissé à l'oreille de miss Purvey qu'elle était une nièce du duc de Devonshire.

— Vous savez, j'ai beau avoir dit que Mrs Gore-Appleton était une dame comme il faut, dit miss Purvey sur le ton de la confidence en posant une main ridée sur le genou d'Agatha, j'ai eu l'impression qu'elle avait mal tourné, si vous voyez ce que je veux dire. Je ne saurais pas mettre le doigt dessus, mais il y avait chez elle quelque chose de pervers, de louche, et autre chose aussi... Je ne sais pas quoi, mais elle me faisait un peu peur. Comme je le disais à Mr Lacey, je me souviens qu'elle s'est mise à me parler vers la fin de mon séjour. Sa conversation roulait sur l'argent et les affaires et elle m'a confié alors qu'elle s'occupait d'une œuvre caritative, et que tout le monde avait des soucis d'argent de nos jours. Dieu merci, je suis à l'abri du besoin, ce que je lui ai dit. Alors elle m'a demandé si j'accepterais de faire un don à son œuvre. Mais quand j'ai appris qu'elle s'occupait de sans-abris, j'ai refusé. J'ai dit que si ces gens étaient sans abri, c'était leur faute. »

Au grand soulagement d'Agatha, James se désintéressa brusquement de tout ce que pouvait avoir à dire miss Purvey. Il reposa sa tasse.

« Merci de votre hospitalité. Mais il faut que nous partions.

— Oh, vraiment ? Je pourrais vous aider, vous savez.

— Vous nous avez déjà beaucoup aidés, dit courtoisement James.

— C'est très gentil à vous, dit Agatha en se levant et en rassemblant son sac et ses gants. Mais je ne vois pas...

— Mes dons d'observation ! s'écria miss Purvey. Je ferais un excellent détective. D'ailleurs, Mr Lacey, poursuivit-elle avec coquetterie, vous m'avez déjà mise dans la catégorie des fins limiers !

— En effet », dit James, pressé d'en finir. Il sortit une carte de visite et la lui donna. « Si vous trouvez autre chose, vous pourrez me contacter à cette adresse. »

Après leur départ, miss Purvey arpenta de long en large le salon de son petit cottage. Elle se sentait tout excitée et euphorique. Ce beau Mr Lacey l'avait regardée d'une façon ! Elle s'approcha de la fenêtre et frotta la vitre pour regarder le ciel. La brume avait pris un ton jaunâtre indiquant que là-haut, le soleil essayait de percer.

Miss Purvey eut soudain très envie de se retrouver au milieu des lumières et des magasins de Mircester. Elle avait une amie proche, Belinda Humphries, qui tenait une petite boutique de nouveautés dans une galerie marchande, et elle décida d'aller lui rendre visite, savourant à l'avance la description qu'elle ferait de James Lacey et de son expression lorsqu'il avait posé les yeux sur elle. Certes, il était accompagné par Mrs Raisin, mais quand elle lui avait demandé dans la cuisine s'il allait se marier finalement, il lui avait répondu à mi-voix : « Pas maintenant », et elle, miss Purvey, n'était qu'un poil plus âgée que Mrs Raisin.

Après avoir mis son manteau et un de ces chapeaux de feutre qu'adorent les bourgeoises anglaises et qu'on qualifie perfidement de « pratiques », elle sortit et se dirigea vers sa Ford Escort, garée devant chez elle dans la rue.

Elle conduisit lentement et prudemment jusqu'à la quatre-voies, à quelques kilomètres du village, et se glissa dans la file rapide où elle se mit à rouler à quatre-vingts kilomètres/heure, apparemment sourde aux coups de klaxon et appels de phares furieux des conducteurs derrière elle.

Elle fut contrariée de voir que le brouillard s'épaississait à l'approche de Mircester. Elle trouva à se garer près de la place centrale, sortit de sa voiture, la verrouilla et se dirigea vers la galerie marchande. Sur la porte vitrée, un panneau indiquait nettement FERMÉ. Elle fit claquer sa langue, déçue. Elle avait oublié que c'était la demi-journée de fermeture des magasins à Mircester.

Elle se sentait trop énervée pour rentrer directement chez elle. Bien sûr, elle aurait pu aller chez Belinda, mais elle habitait dans un village à une trentaine de kilomètres de l'autre côté de Mircester, dans la direction opposée à Carsely.

Miss Purvey décida de se faire plaisir et d'aller au cinéma. Il y avait un film de Bruce Willis à l'affiche, *Piège de cristal*, et miss Purvey trouvait Bruce Willis très séduisant. Elle avait déjà vu le film, mais elle aurait plaisir à le revoir.

Elle prit un billet et s'installa au milieu de la salle encore éclairée. La séance commencerait dans quelques minutes.

Miss Purvey s'installa, sortit de son sac un paquet de bonbons à la menthe forte, et en mit un dans sa bouche. Il n'y avait pas grand monde dans la salle. Elle se retourna pour voir si elle repérait quelqu'un de connaissance, puis son regard se posa sur la personne qui se trouvait au rang derrière elle, un peu sur sa gauche. Elle se détourna, puis se raidit sur son siège. Ce visage ne lui était pas inconnu.

Elle pivota de nouveau et dit de sa voix forte et affectée : « Il me semble que nous nous connaissons, non ? »

Kylie, l'ouvreuse, avait cinquante ans passés et mal aux pieds. L'époque où les ouvreuses étaient des minettes délurées baladant leur panier de glaces était depuis longtemps révolue. Le pop corn et les glaces s'achetaient à un comptoir dans le hall et, dans la salle, des femmes fatiguées et plus toutes jeunes conduisaient les clients à leurs sièges, puis une fois le cinéma vide, s'assuraient que personne n'avait oublié d'objets de valeur.

En apercevant la silhouette solitaire assise au milieu d'une rangée au centre de la salle, Kylie pensa : Tiens, encore une retraitée qui s'est endormie. Exaspérants, ces vieux machins. Certains d'entre eux ne savent même plus où ils sont, ni qui ils sont au réveil. Les Cotswolds sont en train de virer au parc du troisième âge.

Elle se faufila dans la rangée derrière la silhouette immobile, se pencha en avant et lui secoua l'épaule. On se serait cru dans un film de Hitchcock, et son cœur battit la chamade. La personne s'effondra lentement sur le côté. Kylie eut un hoquet et braqua le rayon de sa lampe de poche sur le visage de l'inconnue, car si les lumières étaient toujours allumées dans la salle, elles n'étaient pas très vives.

Les yeux exorbités et vitreux de miss Purvey la fixèrent. Une écharpe était sauvagement nouée autour de son vieux cou de dinde.

L'état de choc peut avoir des effets étranges sur certaines personnes. Kylie se dirigea rapidement vers le hall du cinéma et demanda à sa collègue d'appeler le directeur ; après quoi, elle téléphona à la police.

Elle dit au préposé au guichet de sortir pour

fermer les portes du cinéma, et de ne laisser entrer personne. Puis elle alluma une cigarette et attendit. La police et une ambulance arrivèrent, puis la P.J., le médecin légiste et enfin l'équipe médicolégale.

Kylie raconta son histoire plusieurs fois et fut emmenée au commissariat, où elle la répéta une énième fois avant de signer sa déposition.

Elle accepta d'être raccompagnée chez elle en voiture et dit à la jeune et jolie fonctionnaire de police qu'une fois qu'elle aurait bu une tasse de thé, ça irait parfaitement bien.

Quand elle entra dans sa maison, son mari sortit du salon en traînant les pieds. Il portait son gilet préféré, vieux et mangé aux mites, et des fragments d'œufs à la coque étaient collés à sa moustache.

« Je te déteste ! » hurla Kylie. Puis elle se mit à pleurer.

5

Ce soir-là, en sortant du Red Lion, James et Agatha regagnèrent Lilac Lane à pied, dans le brouillard. Ils gardaient le silence. Les villageois avaient décidé qu'ils n'étaient pas des meurtriers présumés ; aussi, au lieu de les accueillir par un silence glacial, leur avaient-ils fait bon visage. On leur avait lancé des plaisanteries assez lourdes, et demandé quand ils annonceraient publiquement la date de leur mariage.

James n'avait pas voulu dire ouvertement qu'il n'épouserait jamais Agatha, parce que cela aurait été très discourtois, et ce fut Agatha qui mit les pieds dans le plat en déclarant haut et fort : « On est mal assortis. On ne se marie pas, un point c'est tout ! »

Or au lieu de lui être reconnaissant d'avoir clarifié la situation, James se sentit confusément rejeté devant tout le monde, et s'il ne faisait pas la gueule, ça y ressemblait beaucoup.

Agatha lui saisit le bras.

« Regarde ! » s'écria-t-elle.

Devant la porte de James, debout sous l'éclairage de sécurité, attendaient l'inspecteur divisionnaire Wilkes, Bill Wong et Maddie.

« Qu'est-ce qui se passe encore ? dit James. Pourvu que cette bonne femme, cette miss Purvey, ne se soit pas suicidée elle aussi ! »

Wilkes attendit qu'ils fussent près et dit : « On serait mieux à l'intérieur. »

James leur ouvrit la porte, et tous entrèrent dans le salon où ils restèrent debout.

« Asseyez-vous, dit Wilkes, la mine sérieuse. Cela peut prendre un certain temps. Avez-vous rendu visite à une certaine miss Janet Purvey aujourd'hui ?

— Oui, répondit Agatha. De quoi s'agit-il ?

— Et où étiez-vous tous les deux cet après-midi ?

— Un mot avant de vous laisser continuer, dit James. Je croyais que c'était seulement dans les films que la police procédait à un interrogatoire sans dire à personne la vraie raison des questions qu'elle pose. Alors mettez-nous au courant ! Quelque chose de tragique est visiblement arrivé à miss Purvey. »

Bill Wong prit la parole tandis qu'il scrutait leurs visages de ses yeux étroits :

« Miss Purvey a été trouvée étranglée à l'Imperial, le cinéma de Mircester cet après-midi. Alors je vous repose la question : que faisiez-vous l'un et l'autre cet après-midi ?

— Bill, vous devriez savoir que ni James ni moi

ne pouvons être mêlés à son assassinat ! s'exclama Agatha.

— Répondez à la question, voulez-vous ? intervint Maddie d'une voix neutre et dure.

— En effet, nous avons vu miss Purvey ce matin, dit James. Pour autant que nous le sachions, personne n'avait essayé de la faire chanter et elle n'avait pas non plus eu beaucoup de rapports avec Mrs Gore-Appleton ni avec Jimmy Raisin pendant son séjour au centre de remise en forme. Après l'avoir quittée, nous nous sommes arrêtés dans un pub à Ancombe pour prendre des sandwichs. Après quoi, nous sommes rentrés. Agatha est allée à Moreton faire des courses et je suis resté ici. Mrs Bloxby est passée me voir pendant qu'Agatha était sortie et elle est restée prendre un café. »

Bill se tourna vers Agatha : « Quelqu'un vous a-t-il vue à Moreton ?

— Bien sûr. Je suis allée chez Drury, chez le boucher et puis au supermarché Bugden. Oh, et puis aussi dans la librairie de la galerie marchande. Après ça, j'ai pris un café au salon de thé de Market House. Les gens se souviendront de moi.

— Nous vérifierons tout cela », dit Maddie, à qui Agatha lança un regard haineux.

Wilkes se pencha en avant.

« Reprenons depuis le début. Si je ne me trompe, Bill Wong ici présent vous a dit de vous abstenir de continuer à jouer les détectives amateurs. Mais vous n'en avez tenu aucun compte, hein ? Alors racontez-nous votre visite à miss Purvey depuis le début. »

James rapporta toute la conversation, à une importante omission près, qui ne passa pas inaperçue d'Agatha, mais elle ne la releva pas. Il s'abstint de rapporter que miss Purvey avait elle aussi envie de jouer les détectives.

Wilkes se tourna ensuite vers Agatha qui dut donner sa version des événements.

L'interrogatoire se poursuivit. Finalement, Wilkes déclara : « Nous allons vous demander de venir tous les deux au commissariat et de signer chacun votre déposition. Une seconde mort dans la foulée, c'est un peu difficile à avaler. Comme je l'ai dit, Wong vous a avertis de vous occuper de vos affaires et de laisser l'enquête à la police.

– Pourquoi s'est-elle rendue à Mircester après notre départ ? » demanda Agatha.

Wilkes soupira. « Sans doute pour aller au cinéma. Quant au reste, nous en sommes réduits à des conjectures. Il y a peut-être quelque chose qu'elle n'a pas dit, et elle a pu téléphoner à quelqu'un et prendre rendez-vous. Ou quelqu'un l'a vue au cinéma, l'a reconnue et a considéré qu'elle était un danger. Laissez-nous mener notre enquête. »

Ils posèrent encore quelques questions, puis prirent congé.

Agatha et James se regardèrent en silence, consternés.

Enfin, James prit la parole : « Écoute, Agatha,

nous ne sommes pour rien dans tout ça. Ce n'est pas nous qui l'avons étranglée. Mais ces derniers événements ont ceci de positif – si tant est qu'on puisse utiliser ce mot – que la presse va de nouveau s'intéresser à l'affaire. Elle paraîtra, cette interview de nous. Les gens sauront que nous recherchons Mrs Gore-Appleton, et fatalement, un témoin se fera connaître.

– J'aimerais que toute cette galère soit derrière nous, dit Agatha d'une voix lasse. On devrait peut-être s'en remettre à la police.

– Oh, il ne nous reste qu'un nom à vérifier, fit remarquer James. Une Mrs Gloria Comfort, qui habite à Mircester, justement, à côté de l'abbaye. Et même si *The Bugle* ne publie pas cette histoire, d'autres journaux voudront te parler. Il faudrait une catastrophe mondiale pour que les journaux fassent l'impasse. »

Le lendemain matin, James se leva de bonne heure et sortit acheter tous les journaux. De gros titres s'étalaient partout. Eltsine avait été renversé. Les généraux avaient fait un coup d'État à Moscou. La guerre froide recommençait. Les premières pages des journaux étaient emplies des comptes rendus, et les pages du milieu étaient consacrées aux experts. Le meurtre d'une vieille fille à Mircester n'occupait qu'un paragraphe dans chaque journal. Ce qui restait de la Serbie soutenait les généraux. La Russie commençait à être déchirée par la guerre civile.

James apporta les journaux à Agatha qui jouait

avec ses chats dans la cuisine. Elle se leva et les examina en silence.

« En tout cas, nous pouvons continuer à mener notre enquête de notre côté. Avec les yeux de la presse braqués sur nous, cela aurait été très difficile. »

Ils parlèrent de la situation mondiale, puis décidèrent d'aller faire leur déposition à Mircester et de déjeuner sur place avant d'aller voir Mrs Gloria Comfort.

Plus tard dans la soirée, Maddie et Bill Wong prenaient une tasse de thé à la cantine. C'était la première fois depuis qu'ils avaient interrogé Agatha et James qu'ils avaient le temps de converser en tête à tête.

« Alors, que penses-tu de ta fameuse Agatha Raisin à présent ? demanda Maddie. Un vrai vautour, cette bonne femme. Dès qu'elle va quelque part, il y a des cadavres.

– Tu y vas un peu fort, protesta Bill. Leur visite aux Derrington a peut-être déclenché le suicide de sir Desmond, mais ils n'ont pas beaucoup d'avance sur nous et si le vieux avait l'intention de se foutre en l'air, il l'aurait fait tôt ou tard. Quant au meurtre de miss Purvey, ils n'y sont pour rien. L'alibi d'Agatha est confirmé. Écoute, Maddie, que ce soit bien clair : Agatha est une amie et j'aimerais que tu cesses de lancer des piques sur elle. Je ne sais pas si elle a vraiment élucidé elle-même ces derniers crimes, mais en allant fourrer son nez partout elle a déclenché les événements. Sinon, nous n'aurions jamais mis la main sur les coupables.

— Je suis libre de penser ce que je veux, dit Maddie. Regarde sa relation bizarre avec Lacey. Le mariage n'a pas eu lieu parce qu'elle lui a menti, et pourtant ils vivent ensemble.

— Je les trouve bien assortis », marmonna Bill. Il avait invité Maddie chez lui le soir-même pour rencontrer ses parents, et il ne voulait pas que la situation dérape. « On ne peut pas rester chacun sur ses positions ?

— Comme tu voudras. Tu n'aurais pas des vues sur la vieille, par hasard ?

— Agatha ? Elle a l'âge d'être ma mère !

— Je me demandais. »

Bill s'était fait une joie et une fierté de présenter Maddie à ses parents. Mais maintenant, un doute insidieux commençait à se faufiler dans son cerveau. Sa dulcinée n'était-elle pas un brin agressive ?

Agatha et James prirent le chemin de Mircester en voiture. Le brouillard s'était levé et la journée était magnifique. Les taches rouges des baies d'églantine émaillaient les haies et des arbres roux et or bordaient les champs labourés.

« La beauté de la campagne ne saute pas aux yeux d'emblée, dit Agatha. Au début, je regrettais Londres. Et puis je me suis habituée. J'ai commencé à remarquer les changements de saisons et à trouver ça beau, comme si je regardais à la suite les uns des autres une série de paysages peints. Exception faite de ces nuages. Il faudrait faire quelque chose à propos de ces nuages, James. Ils sont aussi réguliers et nets que ceux qu'on voit sur ces aquarelles peintes par les amateurs des Cotswolds. Et puis la lumière est différente elle aussi. En hiver, elle devient oblique, tu vois. »

Des rais de lumière dorée traversaient les arbres et la route sinueuse devant eux. James freina brutalement pour éviter un faisan maladroit qui hésitait devant ses roues. Celles-ci mordirent sur un tapis craquant de faînes.

« Ce n'est pas souvent que j'ai envie de remonter la pendule à l'envers, dit Agatha d'une petite voix. Mais les jours comme celui-ci, je regrette de m'être mise dans un pétrin pareil, et je sais que tant que tout n'est pas réglé, je ne serai pas libre. Je ne peux même pas me désoler pour Jimmy. Je crois qu'il a vraiment mal tourné et que s'il n'était pas devenu pareille crapule, il serait bien vivant. Je pourrais affronter un Jimmy vivant et me débarrasser de lui une fois pour toutes, mais comment veux-tu que je me batte contre un mort ? Il s'est mis entre nous deux, James.

– C'est toi qui l'y a mis, Agatha. Si tu avais découvert qu'il n'était pas mort, nous aurions pu régler le problème. »

Un petit sanglot sec secoua Agatha.

James ôta une main du volant et la passa autour

de ses épaules pour une brève étreinte. « Il faut me laisser du temps », dit-il, et un espoir soudain fit bondir le cœur d'Agatha au moment où un autre faisan s'envolait à leur approche et passait par-dessus une haie.

Après avoir fait leur déposition à la police, ils se mirent en quête de Mrs Gloria Comfort, mais eurent une déconvenue : ils apprirent par ses voisins qu'elle avait déménagé dans l'un des villages des environs. Personne n'avait sa nouvelle adresse, mais l'un des voisins se rappela que la maison avait été vendue par l'agence immobilière Whitney et Dobster.

À l'agence en question, ils découvrirent, non sans soulagement, que le vendeur qui s'était occupé de la maison de Mrs Comfort à Mircester travaillait toujours là, et il accepta sans piper mot leur histoire selon laquelle ils étaient de vieux amis qui cherchaient à la joindre. Il sortit d'un dossier une adresse à Ancombe.

« Eh bien ! s'exclama Agatha une fois qu'ils furent sortis de l'agence, c'est tout près de Carsely, et aussi de l'endroit où Jimmy a été assassiné. Crois-tu que la police l'aura retrouvée avant nous ?

– Va savoir ? Ils ont toujours des tas de paperasses à remplir et de démarches à faire, tandis que nous, non. »

Agatha hésita soudain. « S'ils arrivent et nous trouvent là, ils seront furieux.

– Il se fait tard. De deux choses l'une : ou ils y sont déjà allés, ou ils iront demain. »

Ancombe était l'un de ces villages des Cotswolds qui semblent trop parfaits pour être vrais. Tout petit, mais avec une vieille église en son centre, des cottages au toit de chaume, de beaux jardins et l'air parfaitement léché.

Mrs Gloria Comfort habitait l'un des plus jolis cottages à toit de chaume, à l'ombre de l'église. Ils frappèrent à la porte. Aucune réponse. « Essayons l'arrière, dit James. J'entends du bruit par-là.

– C'est probablement elle qui est en train d'agoniser dans d'atroces souffrances », dit sombrement Agatha.

Ils montèrent l'étroite allée menant au jardin à l'arrière. Une blonde bien en chair était en train d'arracher les mauvaises herbes d'un massif. « Excusez-moi », dit James. Elle se redressa et se retourna.

Elle était d'un blond flamboyant et décoloré. On ne voyait pas l'ombre d'une racine brune mais son visage mûr était bouffi et ses yeux avaient cet aspect étincelant dû au larmoiement fréquent chez les alcooliques. Sa tenue, fort mal adaptée au jardinage, était à mi-chemin entre l'allumeuse et la dadame : tailleur très ajusté, corsage blanc à froufrous, perles et hauts talons.

« Mrs Comfort ? s'enquit James.

– Vous quêtez pour une œuvre ?

– Non, je suis James Lacey, et je vous présente Mrs Agatha Raisin.

– Seigneur ! Vous êtes la femme du type qui a été assassiné. On serait mieux à l'intérieur. » Elle traversa la pelouse d'un pas vacillant, laissant des trous dans le gazon avec ses talons. « C'est bon pour la pelouse, lança-t-elle. Ça l'aère. »

L'intérieur de la maison était en harmonie avec le style vestimentaire de la dame. Tout était incroyablement vulgaire. Aux fenêtres, d'affreux rideaux ruchés, sur les murs, de mauvaises copies de maîtres anciens, de faux médaillons de cuivre et, dans un coin, un bar en cuir blanc capitonné vers lequel Mrs Comfort alla tout droit. « Un verre ? »

Agatha dit qu'elle prendrait un gin tonic et James, un whisky.

« Alors, dit Mrs Comfort en se perchant tout au bord du canapé trop rembourré, qu'est-ce que c'est que cette histoire ?

– Vous étiez au centre de remise en forme en même temps que Jimmy, commença Agatha. Nous aimerions savoir à qui il parlait. Et nous nous intéressons aussi à la femme qui l'accompagnait, une certaine Mrs Gore-Appleton. »

Mrs Comfort avala une lampée du liquide très sombre qu'elle s'était versé.

« J'ai du mal à me souvenir de tout cela. J'ai l'impression que ça remonte à très longtemps. Jimmy a été salué comme l'un des cas de réussite de remise en forme. Quand il est arrivé, c'était une épave mais, dès la fin de la première semaine, c'était un autre homme. Je ne peux pas vous dire grand-chose de Mrs Gore-Appleton. Je ne lui ai pas beaucoup parlé, en dehors de quelques remarques sur la météo et le fait qu'il était pénible d'avoir toujours faim, ce genre de choses. Je ne peux guère vous aider, vous savez.

– La police est-elle déjà venue vous voir ? demanda James.

– Non. Pourquoi voudrait-on m'interroger ? Oh, parce que Mr Raisin a été assassiné !

– Ce n'est pas aussi simple. Vous n'avez peut-être pas vu l'information dans le journal d'aujourd'hui à cause des actualités mondiales, mais une certaine miss Purvey a été assassinée à Mircester.

– Purvey ? Purvey ! Elle était au centre elle aussi. Une vieille fille maigre. Mais je ne vois pas le rapport.

– Jimmy Raisin était un maître chanteur », laissa tomber Agatha.

Mrs Comfort avala de travers, puis elle parut reprendre ses esprits.

« Vraiment ? dit-elle avec une désinvolture forcée. Quelle horreur ! »

Agatha décida de jouer à quitte ou double. « La vraie raison de notre présence ici, c'est que nous nous demandons s'il n'a pas essayé de vous faire chanter.

– Quel culot ! Il n'y a rien dans ma vie qu'un

maître chanteur pourrait exploiter. Et maintenant, merci de me laisser tranquille. »

Mrs Comfort se leva. Eux aussi. « Vous ne voulez pas essayer la version authentique sur nous d'abord ? proposa James d'une voix douce.

— Que voulez-vous dire avec votre "d'abord" ?

— La police ne va pas tarder à venir et on vous posera les mêmes questions. Et les enquêteurs vérifieront vos relevés bancaires pour voir si vous avez retiré des sommes régulières pour payer le maître chanteur, ou si vous avez fait le moindre chèque à l'ordre de Jimmy Raisin. »

Les jambes de la femme semblèrent se dérober sous elle et elle s'assit. Son visage bouffi se ratatina comme si elle allait se mettre à pleurer. Agatha et James se réinstallèrent lentement sur leurs sièges.

Elle tendit son verre vide à James sans rien dire. Il le prit, le renifla et passa derrière le bar en cuir blanc pour le remplir de whisky sec, puis le lui rapporta. Ils attendirent pendant qu'elle buvait. Puis elle déclara :

« Je vais vous raconter toute l'histoire. Comme je l'ai dit, Jimmy Raisin était une loque quand il est arrivé, mais il s'est vite retapé. Il était charmant, amusant, et... ma foi, les autres avaient tous l'air tellement coincés. En plus, comme j'étais une femme seule, on m'avait mise à la même table que miss Purvey, ce qui m'avait vraiment cassé le moral.

Jimmy a commencé à me draguer. Il m'a dit

qu'il était allé au village et qu'il avait des pâtés à la viande et aux légumes dans sa chambre. J'y suis allée pour en manger un parce que j'étais morte de faim. On rigolait comme deux gamins qui se goinfrent à l'insu de leurs parents. De fil en aiguille, on a fini par passer la nuit ensemble. Le lendemain, on a fait comme si de rien n'était. Pour moi, c'était une aventure d'un soir. J'étais mariée, heureuse en ménage, mais ces petits pâtés m'avaient séduite comme un champagne millésimé l'aurait fait dans un autre contexte. »

Elle s'interrompit pour boire goulûment son whisky.

« Figurez-vous que j'avais presque oublié cet épisode tant il comptait peu pour moi. Et puis un jour, mon mari venait de partir au travail – nous habitions à Mircester à l'époque –, Jimmy s'est pointé. Il voulait de l'argent, sinon il me menaçait de révéler à mon mari qu'on avait passé une nuit ensemble. Je lui ai dit d'aller se faire voir. C'était sa parole contre la mienne et j'aurais nié en bloc. Mais il a écrit à mon mari en donnant certains détails à mon sujet. Et... et mon mari a demandé le divorce. »

Il y eut un long silence, puis Agatha prit la parole :

– Pourquoi nous avez-vous raconté ça ? Vous ne lui avez pas donné d'argent, donc personne ne peut rien découvrir d'après vos relevés bancaires. »

Mrs Comfort haussa les épaules avec lassitude.

« Je n'ai jamais rien raconté à personne. Vous

imaginez la honte ? Trente ans de vie commune fichus en l'air, pffttt, comme ça. J'en ai voulu à mort à Jimmy Raisin... mais je ne l'ai pas tué. Je suis trop lâche pour ça. J'étais complètement anéantie. Après toutes ces années de mariage, Geoffrey, mon mari, n'a pas voulu me pardonner. Il a tout fait pour accélérer la procédure. J'ai été sidérée de voir que le jugement de divorce m'accordait des conditions très généreuses. Et puis, j'en ai découvert la raison. J'ai appris cela après le divorce, parce que c'est le moment où vos meilleurs amis viennent vous annoncer ce qu'ils auraient dû vous dire bien avant. À savoir qu'il avait une liaison avec une collègue de bureau et qu'en fait, je lui avais fourni une occasion en or, servie sur un plateau.

– Et cette Mrs Gore-Appleton, dit James, Jimmy ne vous a pas parlé d'elle ? Il ne vous a pas expliqué pourquoi il était venu avec elle ?

– Il a dit que c'était une de ces philanthropes comme on en trouve parfois, et qu'elle payait son traitement, mais c'est tout. On n'a pas beaucoup parlé, sauf du centre, et on a plaisanté sur la bouffe infecte et la gymnastique pénible. »

Elle se mit à pleurer sans bruit. « Pardonnez-nous, dit Agatha. Nous essayons juste de découvrir qui a tué Jimmy. »

Elle s'essuya les yeux et se moucha. « Pourquoi ? Qui s'en soucie ?

– Tant que nous n'aurons pas trouvé qui l'a tué, nous sommes tous suspects, y compris vous. »

Les yeux de Mrs Comfort s'élargirent, inquiets. « Je n'aurais pas dû vous dire que j'avais couché avec Jimmy. Vous ne le répéterez pas à la police, hein ? »

Les deux détectives amateurs, encore meurtris qu'on leur ait dit de rester à l'écart de l'enquête, hochèrent la tête de concert.

« Nous ne dirons rien », déclara Agatha. Elle plongea la main dans son sac et sortit une de ses cartes de visite.

« Voici mon adresse et mon numéro de téléphone. Si vous pensez à la moindre chose qui serait susceptible de nous aider, je vous en prie, contactez-moi.

– Parfait. Je commence à y réfléchir.

– Vous comprenez, dit James, si nous pouvions retrouver cette Mrs Gore-Appleton, j'ai le sentiment que ça nous permettrait d'avancer. Il n'y a aucune preuve qu'elle ait participé au chantage. Jimmy ne demandait que cinq cents livres par mois à sir Desmond Derrington. Mrs Gore-Appleton a donné au centre de remise en forme une adresse à Mayfair, seulement voilà, il semble que ce soit une fausse adresse. À mon avis, si elle avait été dans le coup, je suis persuadé que les sommes demandées auraient été beaucoup plus élevées. Je ne sais pas pourquoi. Une intuition. À quoi ressemblait-elle ? »

Mrs Comfort fronça les sourcils. « Voyons... blonde, bien faite, plutôt musclée, un rire bruyant, une voix assez snob. Elle était assez proche de

Jimmy, mais plutôt comme une mère qui s'occupe de son enfant. »

James se souvint que miss Purvey avait affirmé avoir vu celui-ci sortir de la chambre de Mrs Gore-Appleton en pleine nuit, mais il resta silencieux.

« Elle ne m'a pratiquement pas adressé la parole, ni aux autres d'ailleurs, poursuivit Mrs Comfort. À l'exception de Jimmy, bien sûr. » Ses yeux larmoyants se fixèrent soudain sur Agatha. « Pourquoi l'avez-vous épousé ? »

Agatha se rappela Jimmy tel qu'il était quand ils s'étaient mariés – beau garçon, amusant, qui n'avait peur de rien. Et puis il avait sombré lentement dans l'alcoolisme pendant qu'elle travaillait dur comme serveuse. Et il émergeait parfois de sa stupeur alcoolique pour la tabasser. Leur mariage avait été court et violent, et elle se souvenait de l'impression de liberté merveilleuse qu'elle avait éprouvée lorsqu'elle l'avait quitté pour ne plus revenir.

« J'étais très jeune, répondit-elle. Jimmy s'est mis à boire peu après notre mariage, alors je l'ai quitté. Point final. »

James prit soudain la parole : « Soyez prudente, Mrs Comfort.

– Pourquoi ?

– Il y a un assassin en liberté. Et c'est quelqu'un qui se trouvait dans ce centre avec vous, j'en suis certain. Ce quelqu'un a reconnu miss Purvey et a décidé de s'assurer de son silence. Peut-être Jimmy savait-il quelque chose sur miss Purvey et la faisait-il chanter. Ce quelqu'un pourrait reprendre le flambeau après Jimmy. Êtes-vous sûre de ne vous rappeler aucun détail, même en apparence insignifiant, qui pourrait nous aider ?

— Seulement une chose, mais c'est idiot, dit-elle. À propos de Mrs Gore-Appleton.

— Quoi donc ? demanda Agatha avec impatience.

— Eh bien, il y a des fois où je me suis dit qu'elle serait très crédible en homme. »

Agatha et James la regardèrent, stupéfaits.

« C'est juste une impression. Elle avait un corps très musclé. Elle n'était pas masculine à proprement parler, mais il y avait quelque chose chez elle qui m'a fait réagir ainsi. Avez-vous interrogé tous ceux qui se trouvaient là-bas en même temps que moi ? »

James secoua la tête. « Juste ceux qui habitent près de Mircester. Sir Desmond, puis miss Purvey et maintenant, vous.

— Mais pourquoi supposez-vous que le meurtrier est quelqu'un du coin ?

— Parce que Jimmy Raisin a été assassiné à Carsely. L'assassin doit donc habiter le secteur.

— Mais si vous avez affaire à un maître chanteur, ou même à deux, protesta Mrs Comfort, ils peuvent parfaitement avoir suivi leurs victimes à Londres ou à Manchester ou n'importe où ! Et Jimmy Raisin a pu mentionner en passant qu'il allait à votre mariage.

— Je n'aime pas cette idée, dit Agatha. Un de nos amis a engagé un détective pour retrouver Jimmy

Raisin. Or il vivait dans un carton de déménageur sous le pont de Waterloo. Il n'était pas vraiment en état d'aller faire chanter qui que ce soit.

— Mais quand il a entendu dire que tu te mariais, il s'est quand même débrouillé pour arriver jusqu'à Mircester. Il a pu dessoûler assez pour quitter son carton, essayer de taper une de ses anciennes victimes et lâcher quelque chose comme "Bon, je vais à Mircester". »

Agatha poussa un gémissement.

— Combien de gens étaient au centre en même temps que vous ?

— Pas beaucoup. C'est tellement hors de prix. Seulement une trentaine.

— Une trentaine ! répéta Agatha d'une voix éteinte.

— Ça doit quand même être quelqu'un du coin, insista James.

— Mais qui ? demanda Agatha. Ce n'est manifestement pas Mrs Comfort. Miss Purvey est morte. Sir Desmond est mort. Il reste qui ?

— Vous deux, suggéra Mrs Comfort, avec une pointe de malveillance dans la voix.

— Ou lady Derrington, dit James. Pourquoi pas elle ? Peut-être était-elle au courant du chantage depuis le début et a-t-elle décidé de se débarrasser de Jimmy elle-même.

— Ou sir Desmond, dit Agatha. Il a pu tuer Jimmy et se suicider dans un accès de remords.

— Alors, qui a tué miss Purvey ?

— Pourquoi pas lady Derrington ? suggéra Agatha avec empressement. Miss Purvey a dit qu'elle voulait mener son enquête. Imaginons qu'elle ait découvert des informations compromettantes sur les Derrington ?

— Ou bien, intervint Mrs Comfort, cela pourrait être la femme avec laquelle sir Desmond avait une liaison. »

Ils la regardèrent tous deux, stupéfaits. Puis James dit lentement : « Nous n'avons jamais pensé à elle. »

Mrs Comfort se leva brusquement. « Eh bien, si c'est tout... »

Ils se levèrent également, la remercièrent pour son hospitalité, allèrent poser leurs verres sur l'horrible bar et sortirent.

Mrs Comfort les regarda partir, monter dans la voiture de James et démarrer. Puis elle décrocha le téléphone.

Ce soir-là, Maddie était assise à la table de la salle à manger familiale des Wong, et elle se demandait quand elle pourrait s'échapper. Il ne faisait aucun doute que Bill adorait ses parents, cela se voyait. Mais Maddie se demandait pourquoi. Mrs Wong était une énorme femme grincheuse originaire du Gloucestershire ; et son père, un Chinois morose de Hong Kong. La cuisine était immangeable : une tourte au bœuf et aux rognons surgelée avec une purée en flocons à laquelle on ajoute de l'eau, et des petits pois en conserve de la variété qui s'épanche et laisse une flaque de teinture verte se former dans l'assiette. Le repas était arrosé d'un vin blanc doux.

Maddie commençait à trouver que Bill Wong ne valait pas le mal qu'elle se donnait. Il avait la réputation d'être l'un des inspecteurs les plus brillants de la police. Maddie était ambitieuse. Elle s'était imaginé que si elle draguait Bill, le mettait dans son lit et restait proche de lui, elle pourrait exploiter ses lumières, peut-être résoudre l'affaire et en récolter toute la gloire. Mais l'affaire piétinait toujours, il fallait se livrer à des quantités de recherches fastidieuses sans avancée significative, et Bill ne semblait pas avoir eu la moindre illumination.

Elle se rendit compte soudain que Mrs Wong était en train de lui parler.

« Notre Bill est très gourmand, disait-elle, alors il faudra veiller à bien le nourrir.

— La cantine de la police est là pour ça, répondit Maddie.

— Maman veut dire quand vous serez mariés tous les deux », intervint Mr Wong.

Maddie était une coriace, une égoïste et une forte femme. Mais en entendant ces mots, elle sentit monter en elle une bouffée de panique. Évidemment ! Elle aurait dû se douter de ce qu'impliquait une invitation à dîner chez les parents Wong.

« On ne se marie pas, dit-elle fermement.

— Je ne lui ai pas encore posé la question, dit Bill avec un rire gêné.

– C'est pas qu'on trouve que vous ayez déjà l'âge de vous marier, poursuivit Mrs Wong, pataugeant allègrement dans le plat. Vous autres jeunes, vous foncez tête baissée. C'est sûr, comme on le disait l'autre jour avec papa, ça serait bien d'avoir des petits-enfants. Moi, j'ai toujours eu envie d'une fille », dit-elle à Maddie qui regardait fixement son assiette, tétanisée par la gêne.

Maddie subit alors un interrogatoire sur ses parents, son frère et sa sœur. On lui demanda où habitaient les uns et les autres, et si elle avait l'intention de conserver son travail quand elle serait la femme de Bill.

« Écoutez, dit Maddie, dont la voix parut stridente à ses propres oreilles, il y a un malentendu. Je ne vais pas épouser Bill ni qui que ce soit pour l'instant. Changeons de sujet, voulez-vous ? »

Mr Wong parut offensé et Bill malheureux. Il ne pouvait pas blâmer ses parents, car ne leur avait-il pas dit que Maddie était la femme de sa vie ? Mais Bill n'avait jamais le cœur à blâmer ses parents pour quoi que ce soit.

Maddie était fort soulagée d'avoir pris sa voiture pour venir chez Bill. Elle invoqua un mal de tête sitôt le repas terminé, et Bill la raccompagna à sa voiture.

« Tu n'aurais pas dû leur donner l'impression que nous allions nous marier », dit-elle avec brusquerie.

Bill eut l'air embarrassé. « Ah, tu sais, ils regardent chaque fille que j'invite à dîner comme

une belle-fille possible. Il ne faut pas que ça gâche nos relations, Maddie.
— Bonsoir.
— Quand est-ce que je te revois ?
— Demain au commissariat.
— Ne joue pas sur les mots.
— Je vais être extrêmement occupée en dehors du travail. »
Maddie se glissa prestement sur le siège conducteur, ferma la porte pour couper court aux protestations de Bill et partit sans mettre sa ceinture, ce que le cerveau de policier de Bill enregistra.
Il resta là, ne sachant plus où il en était. Il pensa à Agatha et regretta qu'elle ne soit pas de nouveau chez elle, sans James. Il éprouvait l'envie soudaine de lui parler. Elle n'était pas mariée à James. Peut-être pourrait-il la convaincre de l'accompagner au pub.

James eut l'air surpris quand Bill Wong, avec la mine d'un collégien qui veut savoir si son copain peut venir jouer dehors, demanda à voir Agatha pour lui parler en privé.
Agatha apparut elle aussi sur le pas de la porte.
« Entrez, dit James, je vais me promener si vous voulez.
— Non, j'emmène Agatha au pub, avec votre permission.
— Je vous rejoindrai plus tard, dit James.

– Laissez votre voiture, dit Agatha en s'éloignant avec Bill. Nous irons au Red Lion à pied.
– J'aimerais mieux un endroit plus tranquille, dit Bill. Je n'ai pas envie que Lacey se joigne à nous. »

Quand elle fut dans la voiture de Bill, Agatha demanda d'un ton inquiet : « J'ai des ennuis ? »

Il lui adressa un petit sourire triste.

« Non, c'est moi qui en ai. Allons au Royal White Heart à Moreton. Attendons d'être là-bas pour parler. »

Pour une fois, il n'y avait pas grand monde dans la salle du bar. L'automne était arrivé, les feuilles tombaient et les touristes avaient disparu. L'un des problèmes, quand on habite un coin pittoresque comme les Cotswolds, se dit Agatha, c'est que pendant une bonne partie de l'année, il est envahi par les touristes. Mais on ne pouvait pas se plaindre : quiconque sortait de son propre village devenait automatiquement un touriste ailleurs.

Ils prirent place au coin d'une des grandes tables, à côté de la cheminée où une pile de bûches flambaient gaiement.

« Alors, dit Agatha. Que se passe-t-il ? Pas de nouveau meurtre, j'espère ? »

Il secoua la tête. « Il s'agit de Maddie et moi. »

Agatha éprouva une pointe de jalousie irrationnelle, et elle se rappela sans ménagement que Bill avait vingt ans et quelque, et elle, la cinquantaine bien sonnée. « Qu'est-ce que Face-de-Serpe a encore trouvé ? » demanda-t-elle.

Un large sourire fendit le visage de Bill. « J'avais presque oublié à quel point vous m'êtes sympathique. »

Agatha sentit soudain les larmes lui monter aux yeux et les ravala. Elle se demanda si elle arriverait à s'habituer à la nouveauté que représentait pour elle le fait d'attirer la sympathie. Pendant sa longue carrière dans les affaires, personne n'avait jamais aimé Agatha Raisin, et avec de bonnes raisons pour cela. L'ancienne Agatha n'était ni aimable ni sympathique.

« Allez-y », dit-elle.

Bill regarda le reflet des flammes jouer dans le contenu de sa demi-pinte de bière et dit :

« Vous savez que j'avais un faible pour Maddie.
– Oui.
– Je vais vous faire un aveu, Agatha : je suis né trop tard. Je suis horriblement vieux jeu. Je m'imagine que parce qu'une femme couche avec moi, cela signifie une forme d'engagement.
– Et ce n'était pas le cas ?
– Je croyais que si. J'avais organisé la cérémonie du mariage. J'avais même commencé à regarder les maisons. En oubliant juste que je n'avais parlé d'aucun de ces rêves bleus à Maddie. Je l'ai invitée ce soir chez moi pour faire la connaissance de mes parents. »

Agatha faillit s'exclamer « Aïe ! » mais elle se mordit les lèvres. Elle se dit *in petto* que Mr et

Mrs Wong suffiraient à étouffer l'amour même dans le cœur féminin le plus romantique.

« Ah, vous savez comment ils sont. Ils n'y vont pas par quatre chemins. Ce n'est pas leur faute s'ils sont totalement honnêtes. »

Totalement grossiers, oui, pensa Agatha, mais elle ne dit rien.

« Maman a donc supposé que nous allions nous marier et, à vrai dire, j'avais supposé la même chose. Mais Maddie a pris peur et je ne crois pas qu'elle voudra me revoir en dehors de nos activités professionnelles. J'ai un chagrin fou, Agatha. Elle était tellement furieuse contre moi qu'elle est partie sans même boucler sa ceinture de sécurité.

– Elle sera peut-être calmée demain », dit Agatha, qui se maudit aussitôt de donner de faux espoirs à Bill.

Le visage de ce dernier s'éclaira un instant, puis s'allongea. « Non, c'est fini, je le sens dans mes tripes. Vous savez ce qu'est le sentiment d'être rejeté, Agatha. »

Elle serra sa main et les larmes qu'elle n'arrivait plus à contenir inondèrent ses joues.

« Oh, Agatha, je ne voulais pas vous faire pleurer ! » s'écria Bill.

Mais Agatha pleurait sur elle-même, sur la perte de James, sur ses années de travail qui lui semblaient maintenant des années perdues et sans amour.

Elle s'essuya les yeux et reprit le contrôle d'elle-même, non sans effort.

« Tout ce que je peux vous conseiller, Bill, c'est de vous montrer aussi gentil, détendu et normal que possible, afin qu'elle n'ait plus de prise sur vous. Et peut-être de sortir avec une autre fille. Si elle a encore envie d'être avec vous, elle vous le fera comprendre. Sinon, vous aurez sauvé la face. »

Bill sourit. « Je ne suis chinois qu'à moitié et ma malheureuse âme est anglaise à cent pour cent. Et du Gloucestershire, de surcroît. Vous avez raison. Mais je me demande comment une femme peut faire l'amour, passer des nuits avec vous et puis vous tourner le dos sans préavis. »

Parce qu'elle croyait pouvoir te larguer quand elle voudrait, pensa Agatha. Parce qu'elle s'imaginait pouvoir se servir de toi pour faire carrière en exploitant tes talents ; mais après avoir rencontré tes parents et avoir été menacée de mariage, elle a trouvé que le jeu n'en valait pas la chandelle. Parce que c'est une garce sans cœur. Il y a des filles qui vendraient leur mère pour des diamants, et ta précieuse Maddie en ferait autant pour avancer sa carrière. Tout haut, elle dit : « Si surprenant que ça paraisse, il y a beaucoup de femmes à qui le mariage fait peur, surtout si elles ont un travail qui les intéresse. Cela dit, je ne pense pas que ça vous console. Être rejeté, c'est une vraie vacherie. Reprenez quelque chose, et du sérieux cette fois.

— Je conduis.

— Moi, j'ai envie de me torcher. On prendra un

taxi pour rentrer. James vous reconduira à Mircester et rentrera en taxi.

– Vous ne croyez pas qu'il faudrait lui téléphoner pour savoir s'il est d'accord ?

– Non. Il le sera. Allez, buvons. Et on passe à du brutal. »

James Lacey ne fut pas ravi de trouver Agatha et Bill bien imbibés et titubants devant sa porte à onze heures du soir, ni d'apprendre qu'il devait reconduire Bill à Mircester et se payer un taxi pour rentrer. Pas ravi non plus de voir Agatha et Bill sur le siège arrière se tenir par le cou en chantant à tue-tête.

Le visage figé par la réprobation, il reconduisit Bill chez lui dans la voiture de ce dernier, après l'avoir récupérée en face du Royal White Heart. Bill appela ensuite un taxi. James avait prévu de dire à Agatha le fond de sa pensée sur le chemin du retour, mais elle s'assoupit aussitôt et se mit à ronfler, la tête contre son épaule.

Après avoir payé le taxi et repris sa voiture à Moreton pour rentrer, il avait aidé Agatha à monter dans sa chambre. Quand il s'était retrouvé en bas dans le salon, il s'était senti furieux et abandonné. Pourquoi Wong avait-il voulu discuter de l'affaire avec Agatha en l'excluant délibérément ? Y avait-il anguille sous roche ?

6

Le lendemain matin, Agatha et sa gueule de bois descendirent précautionneusement l'escalier pour affronter un aperçu de ce qu'aurait pu être le mariage avec James.

« Tu as été d'un égoïsme incroyable hier soir, Agatha. Tu devrais avoir honte.

– Tu ne peux pas attendre que j'aie pris un café, James ?

– Oui, incroyable ! reprit James en arpentant de long en large la petite cuisine. Je croyais qu'on enquêtait ensemble sur cette affaire, et voilà que tu fais bande à part avec Bill. Vous passez la soirée dans un pub. Et je vous vois vous pointer ici après la fermeture, complètement cuits. Il a fallu que je vous reconduise à Moreton, que je laisse ma voiture, que je raccompagne Bill chez lui, que je retourne à Moreton en taxi pour reprendre ma voiture. Tu ne trouves pas que tu pousses un peu ? »

Agatha se versa une tasse de café d'une main tremblante, puis alluma une cigarette. James ouvrit la fenêtre de la cuisine d'un geste excédé, laissant entrer une bouffée d'air automnal et froid. « C'est une sale habitude, Agatha. La maison commence à puer la fumée de cigarette.

— Fiche-moi la paix », gémit Agatha, qui s'affala sur une chaise devant la table de cuisine.

Il y eut un coup de sonnette. James sortit à grands pas pour répondre. Il ne tarda pas à revenir. « C'est l'autre qui te demande, cette fameuse Mrs Hardy. Je ne lui ai pas proposé d'entrer. »

La curiosité d'Agatha l'emporta momentanément sur sa gueule de bois fracassante. Elle se propulsa jusqu'à la porte.

« Bonjour, dit Mrs Hardy. J'ai réfléchi à votre proposition. »

L'espoir brilla dans les yeux d'Agatha. « Vous voulez dire que je pourrais racheter mon cottage ?

— Si vous le souhaitez.

— Je m'habille et je viens vous voir.

— Ne mettez pas trois heures. Je sors. »

Agatha monta à l'étage, fit sa toilette et s'habilla à la hâte. « Je vais à côté, lança-t-elle à James. Elle est décidée à vendre. »

Quelques minutes plus tard, installée dans la cuisine de Mrs Hardy et l'examinant à la dérobée, Agatha se demanda si elle-même n'avait pas été, il n'y a pas si longtemps, un peu comme cette Mrs Hardy : brusque et revêche.

« Pourquoi voulez-vous vendre ? demanda Agatha.

– Quelle importance ? Carsely ne me convient pas. »

Elle se versa une tasse de café sans en offrir à Agatha.

Elles se mirent donc à parler affaires. À la fin de l'entretien, Agatha se leva : elle se sentait faible, et pas seulement à cause de la gueule de bois. Mrs Hardy ne lui avait pas fait de cadeau : elle lui revendait son cottage beaucoup plus cher qu'elle ne l'avait acheté. Plus tard, Agatha se demanda pourquoi elle n'avait pas marchandé davantage pour essayer de faire baisser le prix, mais elle était si désireuse de récupérer son ancienne maison et de cesser d'habiter chez James qu'elle avait accepté de payer la somme fixée par Mrs Hardy.

« Grande nouvelle, annonça-t-elle à James en rentrant. La bonne femme d'à côté me revend mon cottage.

– Combien ?

– Cher.

– Est-ce que ça en vaut la peine, Agatha ? Tu peux rester ici aussi longtemps que tu veux. »

Agatha lui jeta un regard dépité. Comment être elle-même en habitant avec James ? Il faisait l'essentiel de la cuisine et du ménage. Elle se dit que s'ils avaient été mariés, cela se serait probablement passé de la même façon. Elle vivait comme à l'hôtel, laissant soigneusement ses vêtements et ses affaires dans la chambre d'amis, essayant de ne pas oublier de récurer la baignoire après chaque usage, tout en se rendant compte qu'elle n'était pas du tout soigneuse. Les fées du logis naissaient ainsi, elles ne le devenaient pas. Pour être une bonne femme d'intérieur, il fallait un talent à part, comme pour être ballerine ou chanteuse d'opéra. Une enfance dans un taudis où la nourriture venait de boîtes de conserve, où le ménage était fait de façon sporadique, où les vêtements n'étaient le plus souvent pas lavés d'une semaine sur l'autre, préparait mal à devenir une perle à l'âge adulte. Quand elle vivait chez elle, James n'avait vu que ses bons côtés. Si elle avait eu une gueule de bois pareille, elle serait restée chez elle jusqu'à en être débarrassée, puis elle aurait fait sa réapparition maquillée et fringuée à mort. Elle passa un doigt précautionneux sur sa lèvre supérieure et sentit pointer deux petits poils durs. Elle eut l'impression qu'ils agitaient leurs antennes à l'intention de James comme des insectes. Elle s'excusa aussitôt, alla dans la salle de bains, s'épila la lèvre supérieure à la cire, ouvrit la fenêtre et jeta la cire dans les buissons du jardin, avec l'intention de la récupérer plus tard et de la cacher dans les ordures, où James ne la remarquerait pas. C'est un sacré boulot d'avoir un certain âge, pensa sombrement Agatha, et ce sera encore pire quand je serai vieille, entre les pets, l'incontinence, les dents et les cheveux qui se font la malle. Oh là là, je voudrais être morte ! Et sur cette pensée réjouissante, elle redescendit.

« Bill et moi avons discuté de l'affaire », dit-elle

à l'adresse du dos rigide de James qui, debout devant la cuisinière, préparait des œufs brouillés. « Maddie l'a largué et il est très malheureux.
— Oh ! » Le dos de James se détendit. « Tu ne lui as pas parlé de la visite à Gloria Comfort ?
— Non. On a bu, histoire de le réconforter. C'est idiot, je sais, et tu as été vraiment gentil de le reconduire chez lui. Maddie est peut-être une peste, mais il la regrette quand même. »

James glissa une assiette d'œufs brouillés mousseux sous le nez d'Agatha. « Mange ça, tu te sentiras mieux après.
— J'irai mieux quand j'aurai laissé le temps au temps, et que j'aurai descendu mon premier whisky sec de la journée », dit Agatha, qui réussit néanmoins à avaler quelques bouchées d'œufs brouillés avec un morceau de pain grillé.

Quand la sonnette retentit à nouveau, elle se prit la tête à deux mains et gémit. « Si c'est pour moi, tu éconduis, James. Je ne veux voir personne, même pas Mrs Bloxby. »

Mais James revint accompagné de Bill, Maddie et Wilkes. Agatha sentit son estomac remonter dans sa gorge.

« Alors, dit Wilkes sévèrement, d'après les signalements que j'ai reçus, je conclus que Mr Lacey et vous êtes allés voir une certaine Mrs Gloria Comfort hier. »

Agatha se dit que la vie de village en Angleterre, c'était quelque chose ! Ancombe lui avait paru complètement désert lorsqu'ils étaient allés rendre visite à Mrs Comfort, mais des yeux cachés avaient dû enregistrer tous les détails de leur visite.

« Ne me dites pas qu'elle est morte ? hasarda Agatha.

— Mrs Gloria Comfort a fait ses valises hier après votre départ. Elle a laissé ses clés au commissariat en disant qu'elle partait en vacances en Espagne. À Heathrow, elle a pris un avion pour Madrid. Là, elle a loué une voiture et est partie pour une destination inconnue. Ce que nous voulons savoir, c'est ce que vous lui avez dit ?

— Et pourquoi vous êtes allés voir une personne suspecte alors que nous vous l'avions défendu ? ajouta Maddie d'une voix froide.

— Nous sommes en démocratie, répondit Agatha. De toute façon, elle ne nous a pas appris grand-chose. Elle a déclaré que Jimmy ne la faisait pas chanter, même après que nous lui avons dit que la police examinerait sans doute ses relevés bancaires pour s'en assurer. Elle n'a pas parlé de ses projets espagnols. »

Suivit un interrogatoire en règle. Agatha et James racontèrent tout à la police, mais gardèrent le silence sur la nuit que Mrs Comfort avait passée avec Jimmy.

Enfin, les trois visiteurs se levèrent. Maddie se pencha sur Agatha et lui glissa : « Lâchez l'affaire, compris ?

— Oh, vous, ça va, gronda Agatha. Vous voir me fiche la migraine. »

Bill lui jeta un regard peiné, mais ne dit rien.

Lorsque James eut refermé la porte sur les trois officiers, Agatha déclara :

« Eh bien en voilà, un coup de théâtre ! Pourquoi a-t-elle filé comme ça ? De quoi avait-elle peur ?

— Allons visiter son cottage ce soir, proposa James.

— Et si on se fait pincer ? Regarde tous ceux qui nous ont repérés ce matin et ont donné notre signalement. Et s'ils téléphonent à la police ?

— Si on y va au milieu de la nuit, ils ne nous verront pas.

— Et les éclairages de sécurité ? Les alarmes contre les cambrioleurs ?

— Elle n'a ni les uns ni les autres. J'ai regardé. »

Agatha le considéra d'un œil indécis. « Ces villages des Cotswolds sont bourrés de gens du troisième âge, James, et les vieux dorment peu. Ils entendraient la voiture.

— On la laissera juste avant Ancombe et on fera le reste du chemin à pied. On mettra des vêtements sombres, mais rien de trop sinistre au cas où on croiserait quelqu'un sur la route. Maintenant, si j'étais toi, je retournerais me coucher pour dormir et me débarrasser de cette gueule de bois. Ce soir, tu auras besoin d'avoir l'esprit clair. »

Le moment venu, Agatha se sentit mieux, mais

pleine d'appréhension à la perspective de la nuit qui l'attendait. Elle avait l'intime conviction que s'ils se faisaient prendre en train d'entrer chez Mrs Comfort, ils seraient certainement arrêtés pour effraction ainsi que pour entrave au travail des policiers. Roy Silver téléphona de Londres et Agatha lui demanda de se renseigner sur la personne qui s'était fait passer pour lady Derrington au centre de remise en forme.

Ils se mirent en route à deux heures du matin. James gara la voiture devant une grille de ferme à la sortie du village. Ils continuèrent la route à pied. C'était une nuit sombre, sans lune, et le vent commençait à se lever. Des faînes craquaient sous leurs pieds, tandis que d'autres tombaient des arbres qui se rejoignaient au-dessus de la route étroite. « Jamais je n'ai vu autant de faînes, se plaignit Agatha. Ça annonce un hiver froid ou quoi ?

— Tout annonce un hiver froid à la campagne, dit James. Si les gens le répètent assez souvent, ils ont des chances de voir leurs prévisions se réaliser une année ou une autre. Chut, nous voilà presque arrivés au village. »

Ils avancèrent en silence. La masse plus sombre de l'église se détacha sur le ciel noir.

« Aucun signe de vie nulle part », chuchota James. Mais Agatha, nerveuse, était sûre que des vieillards insomniaques étaient assis derrière leurs voilages et les regardaient s'approcher avec leurs yeux de fouine. Le silence paraissait absolu. Rien ne bougeait, hormis le vent dans les arbres.

James ouvrit sans bruit la grille devant le cottage de Mrs Comfort et, une fois de plus, ils se dirigèrent vers l'arrière de la maison. L'obscurité du jardin et son isolement rassurèrent un peu Agatha.

James sortit une lampe de poche-stylo et la lui tendit. « Braque-la sur la porte », souffla-t-il en sortant un trousseau de passe-partout et de crochets.

Pour la énième fois, Agatha se demanda ce qu'un colonel à la retraite, apparemment respectable, faisait avec un pareil attirail.

Dans les films, on crochetait les serrures avec une facilité et une rapidité déconcertantes. Agatha serra ses bras autour d'elle et frissonna pendant une bonne demi-heure.

– Ça va te prendre encore longtemps ? siffla-t-elle.

– Ne t'énerve pas. J'ai fini avec la Yale. C'est la deuxième serrure qui résiste. »

Une lumière s'alluma dans un cottage de l'autre côté du jardin de derrière, et un rai de lumière fendit les branches des arbres qui les protégeaient. James se figea et Agatha laissa échapper un petit cri d'effroi. Puis la lumière s'éteignit à nouveau et ils furent replongés dans une obscurité rassurante.

Enfin, juste au moment où Agatha allait suggérer qu'ils renoncent à cette folle entreprise, James poussa un grognement de satisfaction et la porte s'ouvrit.

Il prit Agatha par la main et la tira derrière lui, allumant la lampe-stylo par intermittence.

« On monte, dit-il. Je n'ai pas remarqué d'endroit dans le salon où elle aurait pu ranger des lettres ou des papiers. »

Peu après, le mince rayon de sa lampe explorait en tremblotant le désordre de la chambre. Des tiroirs ouverts pendaient selon des angles improbables et l'armoire était ouverte aussi.

« Quelqu'un est passé par ici avant nous, dit Agatha. La police ?

– Je crois que la dame a fait ses valises en catastrophe. Assieds-toi sur cette chaise près de la fenêtre et regarde à travers les rideaux pour surveiller pendant que je fouille. »

Après avoir cherché dans les papiers trouvés dans les tiroirs de la coiffeuse, James poussa une exclamation étouffée et apporta une lettre à Agatha. « Mets-toi par terre pendant que je t'éclaire ça avec la torche, dit-il. Ça vaut le coup d'œil. »

Agatha s'accroupit et lut la lettre.

Chère Gloria,
Je t'en prie, réfléchis. Je t'ai demandé pardon cent fois. On a été heureux en ménage et on pourrait l'être encore si seulement tu acceptais de me voir, de m'écouter. On pourrait partir, aller où tu voudras et colmater les brèches.

Accepte de me voir une fois, veux-tu ? Quel mal cela peut-il faire ? Après tout ce temps, tu ne dois plus éprouver d'amertume. Je t'aime.
S'il te plaît, appelle-moi,

Geoffrey

La lettre avait été tapée sur du papier à en-tête d'une firme de Mircester, Potato Plus.

Agatha leva vers James des yeux stupéfaits.

« Qu'est-ce que c'était que tout ce cirque sur son mariage gâché alors qu'elle pouvait tout récupérer ? Elle doit être partie avec lui.

— Sans doute. Mais laisse-moi fouiller encore. »

Au bout d'une heure, James abandonna : « Non, il n'y a rien d'autre. Je crois qu'on ferait mieux de ne pas insister. Donne-moi cette lettre, Agatha, je vais la remettre exactement là où je l'ai trouvée. »

Lorsqu'ils redescendirent, Agatha saisit soudain le bras de James, le faisant sursauter.

« Le salon ! Elle a un répondeur. Écoutons les messages avant de partir.

— D'accord, mais je ne crois pas que nous en apprendrons davantage. Cette lettre de son mari est datée d'il y a trois jours. Il me semble clair qu'elle est partie avec lui. »

Ils entrèrent dans le salon. James alluma le répondeur.

« C'est Jane, dit une voix de femme. Je suis désolée de vous avoir ratée quand vous avez appelé, Gloria, j'étais sortie. Oui, je m'occuperai de votre jardin. J'ai toujours vos clés. Bon voyage. Au revoir. »

Puis, une voix d'homme. « Allô, chérie, c'est Basil. J'ai les billets et je te retrouve à Heathrow à seize heures trente à l'enregistrement. Ne sois pas en retard. »

Ils se regardèrent, étonnés. « Basil ? s'exclama Agatha. Mais son mari s'appelle Geoffrey ? Elle doit avoir téléphoné à ce type après notre départ pour organiser le voyage, parce qu'il n'a pas parlé de Madrid. Il a seulement dit qu'il avait les billets.

– Allez, sortons avant que notre chance tourne, dit James. J'en ai assez de chuchoter.

– Ça va te prendre des heures de refermer les serrures ?

– Non. C'est la partie facile. »

Peu après, ils étaient sortis d'Ancombe et en route vers leur voiture.

« Je me rends compte qu'on s'est focalisés sur les gens que Jimmy Raisin a utilisés ou fait chanter, lâcha James pendant qu'ils s'éloignaient. On n'a jamais vraiment pensé aux conjoints ou aux partenaires, sauf peut-être à lady Derrington. Regarde les choses sous cet angle : Mrs Comfort est perturbée par notre visite, même si on ne comprend pas pourquoi. Son mari veut qu'elle revienne. Mais elle téléphone à Basil, dont elle est visiblement proche, pour qu'il organise leur départ pour l'Espagne, comme ça, de but en blanc.

– D'après la police, elle a loué une voiture à

Madrid. Mais il n'a pas été question d'une personne l'accompagnant. Bien entendu, ce Basil peut être marié. Peut-être ont-ils voyagé séparément dans l'avion, et elle l'a fait monter dans la voiture une fois sortie de l'aéroport. Facile. Oh bon sang ! Arrête-toi, James ! »

Il s'exécuta dans un grincement de pneus. « Qu'est-ce qui se passe ?

— L'appel de ce Basil était le dernier. Il n'y avait que deux appels sur le répondeur. On peut interroger le répondeur pour trouver le numéro de ce Basil.

— Agatha ! Ça voudrait dire crocheter ces serrures une deuxième fois. Je ne prends pas ce risque. Écoute, la Jane du message ne devrait pas être trop difficile à retrouver. Nous retournerons à Ancombe demain. Elle saura probablement qui il est.

— Mais ce n'est pas nécessairement une amie intime. C'est peut-être une femme qui s'occupe des maisons et des jardins des gens en leur absence. Je t'en prie, James. »

Il redémarra. « Hors de question, Agatha. Fais-moi confiance. Cette Jane saura. »

Ils trouvèrent Jane assez facilement après s'être renseignés à l'église le lendemain matin. Le bedeau leur dit que la personne qu'ils cherchaient s'appelait Jane Barclay et leur indiqua le chemin.

Jane Barclay était une femme d'un certain âge,

masculine et robuste, aux cheveux gris coupés court.

Il ne leur fallut que quelques instants – dont Agatha profita pour faire disparaître dans sa poche l'écharpe en soie qu'elle avait au cou – pour se rendre compte que leur interlocutrice n'était pas une amie proche de Mrs Gloria Comfort.

« Si nous sommes revenus, c'est parce que j'ai oublié mon écharpe chez Gloria hier, expliqua Agatha, volubile, pendant que James lui jetait un regard étonné. Elle m'a dit que vous vous occupiez de son jardin, et à la façon dont elle a parlé de vous, nous avons pensé que vous étiez intimes et que vous sauriez exactement où elle était partie en Espagne. Mais vous avez les clés, n'est-ce pas ? Auriez-vous la gentillesse de nous laisser entrer pour que je récupère mon écharpe ?

– Ma foi..., dit Jane. Je n'ai pas saisi votre nom ?

– Mr et Mrs Perth », intervint James avant qu'Agatha ait pu répondre.

Il craignait qu'en entendant le nom d'Agatha, elle hésite à introduire chez Mrs Comfort l'épouse d'un homme qu'on avait assassiné.

« Vous avez une pièce d'identité ? »

Le cœur d'Agatha se serra mais, à sa grande stupéfaction, James sortit une pochette de son veston et en retira une carte.

« Le colonel Perth et madame, lut Jane à haute voix. De Stratford. Elle n'a jamais parlé de vous, mais je ne la connais pas très bien. Venez. Et ne mettez pas trop longtemps. »

Ils franchirent ensemble la courte distance qui les séparait du cottage de Mrs Comfort. James ne cessait de regarder Agatha, devinant qu'elle voulait interroger le répondeur. Quand ils entrèrent dans le salon, Agatha regarda autour d'elle avec vivacité. « Voyons voir ! Où ai-je mis cette écharpe ? Je suis sûre de l'avoir laissée ici. »

James se dirigea vers la fenêtre et regarda le jardin. « Ces dahlias n'ont pas encore souffert de la gelée, dit-il. Ils sont magnifiques. »

Jane Barclay alla le rejoindre. « C'est moi qui les ai plantés, dit-elle avec fierté. Mrs Comfort – Gloria – n'y connaît vraiment rien en jardinage. »

Agatha sortit l'écharpe de sa poche et la fourra entre les coussins du canapé.

« Je l'ai trouvée ! s'écria-t-elle en la sortant au moment où Jane se retournait. Elle avait dû glisser entre les coussins. »

James était toujours à la fenêtre. « Ça ne ferait pas de mal à certains de ces rosiers d'être taillés.

– Lesquels ? Où ? demanda Jane, piquée. Ce sont les rosiers les mieux entretenus des Cotswolds. Je vais vous montrer.

– Allez-y, vous deux, je vais juste me repoudrer. »

Jane ne l'écoutait même pas, trop ulcérée par cet affront à ses talents de jardinage.

Quand ils furent tous les deux dehors, Agatha en profita pour aller vers le téléphone afin d'interroger les appels entrants. Elle composa le 14 71 et une voix enregistrée débita : le numéro est le 0-1-5-6-0-3-8-9-9-3-2. Elle en prit rapidement note et sortit dans le jardin où James disait, d'un ton penaud : « Eh bien par exemple ! C'est un très beau travail ! Pardonnez-moi, miss Barclay, c'est ma vue qui m'a joué des tours. Elle n'est plus ce qu'elle était. »

Jane se radoucit assez pour parler jardinage pendant ce qui parut à Agatha une éternité. À la fin de son discours, ils la remercièrent et regagnèrent leur voiture. Dès qu'ils furent hors de portée d'oreille, Agatha, survoltée, annonça : « J'ai le numéro.

– Ce n'est pas nécessairement celui de ce mystérieux Basil », dit James, qui continua à rouler quelques instants avant d'arrêter la voiture. « Fais voir. »

Agatha lui donna le bout de papier sur lequel elle avait noté les chiffres. « C'est un numéro de Mircester, reprit James. Mais il peut tout aussi bien correspondre à l'un des villages des alentours. Comment trouver l'adresse qui lui correspond ? »

Agatha se concentra, le visage plissé par une horrible grimace. « J'ai une idée, dit-elle enfin. Chaque fois que je suis allée au commissariat de Mircester pour voir Bill Wong, ou quelqu'un d'autre, on m'a mise dans une salle d'interrogatoire où j'ai attendu des heures. À l'intérieur, il y a un téléphone. Je pourrais appeler l'opératrice et annoncer que je suis officier de police et, avant qu'elle puisse avoir le moindre soupçon, je dirai quelque chose du genre : "Rappelez-moi tout de suite au commissariat à ce poste."

– Agatha, je t'interdis de commettre une imprudence pareille !

– *Pardon ?* Non mais pour qui te prends-tu, tu crois pouvoir me donner des ordres ?

– Un peu de bon sens, enfin ! À tous les coups, tu n'auras pas à attendre ce jour-là, on viendra tout de suite te chercher, le téléphone sonnera et quelqu'un comme l'abominable Maddie décrochera et t'accusera aussi sec d'essayer de te faire passer pour un officier de police.

– Dans ce métier, il faut savoir prendre des risques, rétorqua Agatha de son ton le plus hautain.

– Oh, atterris, tu veux. Tout ce qu'on a fait jusqu'à présent, c'est semer la panique. Je vais te déposer à la maison et moi, j'irai au marché de Moreton chercher du poisson pour le dîner. Si tu ne sais pas quoi faire de toi, tu pourrais essayer d'arracher quelques mauvaises herbes, *très chère*. Je n'ai pas été sans remarquer que tu traites ma maison comme un hôtel.

– C'est parce que c'est ta maison, répliqua Agatha, profondément blessée. J'ai hâte de me retrouver chez moi.

– Et moi donc ! » rétorqua James.

Ils finirent le trajet dans un silence électrique.

James partit à Moreton-in-Marsh et Agatha entra chez James, meurtrie et furieuse. Alors, c'était ça, le mariage ? Recevoir des ordres ? Quel culot ! Il la cherchait ? Eh bien, il allait la trouver !

Elle ressortit, monta dans sa propre voiture et prit la route de Mircester, pied au plancher.

Une fois arrivée, elle entra au commissariat et, non sans appréhension, s'approcha du planton à l'accueil en disant d'une voix suave : « J'aimerais voir quelqu'un au sujet du meurtre de Jimmy Raisin.

– Vous êtes Mrs Raisin, non ?
– Oui. »

Il releva l'abattant du comptoir de la réception et la conduisit dans une salle d'interrogatoire donnant sur le hall d'entrée.

« Ça ne devrait pas être très long, dit-il avec optimisme. Une tasse de thé ?

– Non, merci. »

Il sortit en refermant la porte. Agatha saisit le téléphone et appela le standard. Pas de tonalité. Puis elle pensa qu'elle devait sans doute composer le 9 pour obtenir l'extérieur, et priant que ce soit le bon numéro, elle fit l'essai. Cette fois, elle tomba sur une opératrice.

« Ici l'inspecteur Crumb[1] », dit Agatha, trouvant un nom au pied levé en regardant les restes d'un biscuit dans une assiette laissée sur le bureau. Elle

---

1. *Crumb* signifie « miette ».

donna à l'opératrice le numéro qu'elle avait noté sur le répondeur et demanda le nom et l'adresse correspondants, puis donna le numéro du poste.

« Je vous rappelle », dit l'opératrice.

Agatha attendit. Et attendit.

La panique l'envahit. Elle souleva le téléphone qui se trouvait sur le bureau et le posa par terre. Elle poussa le bureau et le cala contre la porte. Elle venait de terminer cette opération quand deux choses se produisirent simultanément. Quelqu'un essaya d'entrer et le téléphone sonna.

Agatha tomba à genoux, saisit l'appareil et marmonna d'une voix rauque : « Oui ?

– Inspecteur Crumb ?

– Oui, oui », souffla Agatha en entendant la voix de Maddie de l'autre côté de la porte :

« Mrs Raisin ? Vous êtes là ? La porte est bloquée. »

« Voici le nom et l'adresse que vous avez demandés : Basil Morton, The Loanings, 6 London Road à Mircester.

– Merci », dit Agatha.

Elle repoussa le bureau pour le remettre en place et s'allongea devant la porte au moment même où Maddie criait : « Dave, viens m'aider à ouvrir cette porte. »

Agatha poussa un gémissement théâtral. « Ça va ? » cria Maddie d'une voix plus chargée de soupçons que de sollicitude.

« Je me suis trouvée mal, dit Agatha. C'est moi qui bloque la porte. »

Elle se releva et recula tandis que Maddie, flanquée d'un officier, ouvrait la porte. Les yeux de Maddie notèrent aussitôt le visage rouge d'Agatha, puis allèrent au téléphone posé par terre.

« Vous n'avez pas vraiment l'air d'une femme qui vient juste de s'évanouir, lança sèchement Maddie. Et que fait ce téléphone par terre ? J'ai l'impression de l'avoir entendu sonner.

— Je dois l'avoir entraîné dans ma chute. Il a sonné deux fois et s'est arrêté.

— Et il a atterri à l'endroit avec le combiné toujours en place ?

— Bizarre, hein ? » dit Agatha. Elle porta la main à son front. « J'ai très chaud. Est-ce que je pourrais avoir un verre d'eau ?

— Va le lui chercher, ordonna Maddie à l'officier. C'est sans doute une bouffée de chaleur de la ménopause. »

Agatha lui jeta un regard venimeux.

« Trêve de boniments, Mrs Raisin. Qu'est-ce que vous êtes venue faire ici ?

— Si c'est comme ça que vous le prenez, je préférerais parler à Bill.

— Bill est en service à l'extérieur. Ou vous me parlez à moi, ou je vous coince pour entrave à l'enquête.

— Je me demande comment vous pouvez résoudre la moindre affaire vu la façon que vous avez de prendre les gens à rebrousse-poil. »

L'officier revint avec le verre d'eau qu'il tendit à Agatha. Elle le prit en marmonnant un remerciement, s'assit et se mit à boire avidement, sous le regard hostile de Maddie qui lui lança : « Alors, Agatha, ça vient ?

— On n'a pas gardé les cochons ensemble. »

Le verre d'eau lui avait donné le temps d'improviser. Elle n'avait rien préparé, pensant qu'on lui enverrait probablement Bill.

« J'ai des raisons de croire que Solidarité pour nos Sans-Abri était une association bidon, et non un organisme de bienfaisance en bonne et due forme.

— Nous le savons, dit Maddie, à la stupéfaction d'Agatha. La police a fait une descente pour fermer les lieux en 1991, mais le bureau était verrouillé et la dénommée Gore-Appleton introuvable.

— Pourquoi ne me l'avez-vous pas dit ?

— Pourquoi l'aurais-je fait ? » Maddie avait du mal à cacher son mépris. « L'ennui avec les femmes oisives comme vous, c'est que vous êtes toujours là, à essayer de mettre le nez dans les affaires des autres. On vous a dit et répété de laisser cette enquête à la police. Et pour couronner le tout, je suis persuadée que vous vous êtes servie de ce téléphone. Je vais juste vérifier le dernier numéro appelé de ce poste pour voir ce que vous fabriquiez. »

Agatha réfléchit à toute vitesse. Maddie n'aurait que le numéro du standard. Mais si elle posait des questions au commissariat pour savoir si l'un des officiers avait appelé depuis le poste de la salle d'interrogatoire, elle verrait qu'aucun d'entre eux ne l'avait fait. Alors, elle risquait d'appeler le standard et de remonter jusqu'à l'opératrice qui avait donné le renseignement. Juste à ce moment-là, le téléphone sonna.

Maddie décrocha. « Allô, Bill, dit-elle d'un ton furieux. Tu es rentré ? Non ? Tu appelles de l'extérieur ? » On entendait à l'autre bout la voix de Bill cancaner avec volubilité.

« Bon, alors écoute-moi. Ta grande copine Mrs Raisin est dans la salle d'interrogatoire, et je suis persuadée qu'elle s'est servie du téléphone pour appeler à l'extérieur. J'allais juste avoir le service rappel pour savoir qui avait fait ce numéro, mais comme tu m'as appelée sur ce poste-là, et que tu téléphones de l'extérieur, je n'ai plus accès au dernier numéro composé, c'est le tien le dernier enregistré maintenant ! Pourquoi n'as-tu pas laissé le standard te passer le poste ? »

La voix cancana de nouveau. Agatha comprit que Bill expliquait à Maddie qu'il n'avait pas envie que l'opératrice entende la conversation, parce que Maddie rétorqua : « Ce n'est ni l'heure ni le lieu, et tu veux que je te dise ? Ce ne sera jamais ni l'heure ni le lieu ! Jamais. C'est clair ? »

Elle abattit le combiné sur l'appareil et lança à Agatha : « Dehors ! »
Agatha ne se le fit pas dire deux fois.

James était trop intrigué par cette nouvelle information pour en vouloir à Agatha. En fait, il sembla trouver amusante son histoire de bureau déplacé et d'évanouissement simulé.

« Roy Silver a appelé pendant que tu n'étais pas là, dit-il. Cette secrétaire, Helen Warwick, celle avec qui Derrington fricotait, est rentrée. J'ai son adresse. Tu veux aller à Londres aujourd'hui ?

— On ne peut pas remettre à demain ? plaida Agatha. Il faut que j'aille à Cheltenham avec l'horrible bonne femme d'à côté pour régler les détails de la vente de la maison.

— Tu l'emmènes ou elle t'emmène ?

— Ni l'un ni l'autre. On se retrouve là-bas.

— Veux-tu que je vienne avec toi, au cas où elle essaierait de faire monter encore le prix ?

— Elle n'oserait pas !

— Attends-toi à tout. C'est une coriace.

— Je la déteste, dit Agatha avec conviction. Presque autant que Maddie Hurd. Ce que Bill Wong peut bien lui trouver, à celle-là, ça m'échappe. Quelle garce ! Et puis, il faut qu'on se renseigne sur ce fameux Basil.

— Va t'occuper de récupérer ta maison, et ensuite, on ira à Mircester pour voir ce qu'on peut trouver sur lui.

— Et il y a aussi le mari, Geoffrey Comfort de Potato Plus. Qu'est-ce que c'est que Potato Plus, d'ailleurs ?
— Une petite usine où l'on met les pommes de terre dans des sacs en plastique pour la vente en supermarché. Mais son numéro est dans l'annuaire. Devine où il habite ?
— Ici ? À Carsely ?
— Non, à Aston-le-Walls, le même village que feu miss Purvey. Allez, file. »

Agatha trouva Mrs Hardy qui l'attendait dans le bureau du notaire à Montpelier Terrace, à Cheltenham.

Agatha avait acheté son cottage cent dix mille livres sterling et l'avait vendu cent vingt mille à Mrs Hardy. Celle-ci en demandait cent trente mille, un prix ridiculement élevé, se disait Agatha, d'autant que le marché de l'immobilier avait baissé.

Agatha allait signer les papiers quand la somme de cent cinquante mille livres parut sortir de la page pour lui sauter aux yeux.

« Qu'est-ce que c'est que ça ? aboya-t-elle.
— Le prix ? dit le notaire en souriant. Mrs Hardy m'a dit que c'était celui sur lequel vous vous étiez mises d'accord.
— Qu'est-ce que vous avez magouillé tous les deux ? » grinça Agatha. Elle s'en prit au notaire : « Au téléphone, vous étiez d'accord sur la somme de cent trente mille livres !

– Ah, mais Mrs Hardy estime que cent cinquante mille livres est un prix équitable. »

Agatha rassembla son sac et ses gants. « Allez vous faire voir, tous les deux. Je vais vous dire mon prix à présent : cent dix mille livres. À prendre ou à laisser. »

Et elle sortit du bureau à pas furieux.

Oh, ma petite maison ! se lamenta-t-elle en reprenant sa voiture. Je ferais mieux d'y renoncer. De trouver un autre cottage dans un autre village, de m'installer à l'écart de James et de reprendre le cours de ma vie à moi. Un de perdu, dix de retrouvés.

Mais quand elle revint au cottage de James et qu'il leva les yeux en lui souriant, elle se sentit fondre. Se libèrerait-elle un jour des sentiments qu'elle avait pour lui ?

Quand elle lui raconta ce qui s'était passé, il dit avec bienveillance : « Il y a d'autres cottages, tu sais. Dînons de bonne heure, nous irons à Mircester ensuite. »

The Loanings, où habitait Basil Morton, était un lotissement assez semblable à celui où les Wong avaient leur maison. Il ressemblait à un lotissement communal, à ceci près que les maisons étaient un peu plus grandes et les jardins mieux entretenus, constata Agatha.

Par principe, car ils avaient prévu d'aller ensuite demander aux voisins où était parti « leur ami »

Basil, ils sonnèrent à la porte. À leur grande surprise, une femme brune et mince leur ouvrit. Au premier abord, ils la prirent pour une petite fille, car elle portait une courte jupe bleu marine avec un corsage blanc, un peu comme un uniforme d'écolière, et deux nattes lui encadraient le visage. Mais quand elle alluma la lampe au-dessus de la porte, ils virent de fines rides autour de ses yeux et lui donnèrent la trentaine.

« Pourrions-nous parler à Mr Morton ? demanda James.

— Basil est en déplacement pour son travail. Comme souvent. » Dans les yeux sombres, on lisait une grande solitude. « Entrez donc. »

Ils la suivirent dans un salon dont la propreté clinique était presque effrayante. Pas un livre ni un magazine ne traînait. « Il y a longtemps que vous habitez ici ? demanda Agatha en regardant autour d'elle.

— Dix ans. »

Et pas une seule marque d'usure, pas une tache, pas une éraflure, s'émerveilla Agatha. Il ne doit pas y avoir d'enfants ici.

« Un sherry ?

— Volontiers.

— Alors asseyez-vous, je vous en prie. »

Elle s'agenouilla devant un buffet qui luisait à force d'être astiqué, en sortit une carafe en cristal, trois verres et un petit plateau en argent qu'elle posa sur la moquette, puis elle plaça dessus les verres et la carafe.

« Permettez », dit James, qui prit le plateau et alla le poser sur une table basse qui, elle aussi, resplendissait comme du verre.

Terrifiant, pensa Agatha. Elle ne renverse jamais rien ?

La femme emplit trois verres de ce qui s'avéra être un sherry très sucré. Un vin qui n'avait probablement pas vu le jour en Espagne, se dit James, qui fronça le nez en le humant.

« Vous vouliez voir Basil pour des raisons professionnelles ?

— Non, Mrs.... euh... Morton.

— Oui, c'est moi.

— Nous voulions juste le voir pour des raisons personnelles, dit James.

— Il est parti en Espagne. Il voyage beaucoup.

— Que fait-il comme travail, Mrs Morton ?

— Il s'occupe de salles de bains. Morton's Bathrooms. C'est le nom de sa société.

— Pourquoi l'Espagne ?

— Il y achète certains carrelages, répondit-elle de façon vague. À vrai dire, je ne connais rien à ses affaires. J'ai tant de travail ici, et je suis tellement fatiguée que, lorsque Basil rentre, en général je m'endors.

— Vous travaillez chez vous ? » demanda James.

Elle eut un petit rire et agita une main fine vers le reste du salon immaculé : « Le ménage. Ça n'en finit pas. Vous serez sans doute d'accord avec moi, Mrs... ?

— Appelez-moi Agatha. J'ai une employée de maison. Je ne suis pas très douée comme femme d'intérieur.

— Oh, mais il ne faut pas se laisser déborder. C'est la moindre des choses quand on a un mari qui travaille d'arrache-pied. J'aime que mon Basil trouve son petit nid tout prêt à son retour... enfin, quand il rentre », ajouta-t-elle, non sans tristesse.

James finit son verre en faisant un peu la grimace et lança un regard éloquent à Agatha.

« Eh bien, Mrs Morton, nous allons vous laisser.

— Oh, déjà ? Vous ne voulez pas un peu plus de sherry ?

— Non, vraiment, c'est très gentil à vous.

— Je lui dirai qu'il a eu la visite de... qui donc, au fait ?

— Mr et Mrs Perth. »

« Que pouvions-nous demander d'autre ? dit James quand ils prirent le chemin du retour. Je nous vois mal en train d'annoncer à cette pauvre affolée du ménage que son mari s'est envolé pour l'Espagne avec une autre femme.

— Prochaine étape ? demanda Agatha.

— On va chez Mr Comfort, je pense. Aston-le-Walls, une fois de plus. Et tu sais quoi ? Le brouillard se lève encore.

— Tu vas donner nos vrais noms à Mr Comfort ?

– Oh, je crois, oui.

– Alors pourquoi avoir perdu notre temps à aller voir Basil ?

– Ah, mais ce n'est pas lui qu'on allait voir puisqu'on savait qu'il n'était pas là. Je voulais poser des questions aux voisins. C'est drôle, il ne m'était pas venu un seul instant à l'idée qu'il pouvait être marié.

– Tu sais, si nous avions été gentils, nous aurions dit la vérité à sa femme, dit lentement Agatha. Je crois que la police va venir la voir et lui cassera le morceau. Oh là là, tout ce remue-ménage au nom de l'amour ! Lui, il doit être en train de cracher par terre dans sa chambre d'hôtel et de poser son verre mouillé sur la table de nuit.

– Regarde-moi cette saloperie de brouillard », dit James en frottant le pare-brise de sa main gantée.

Ils avaient quitté la deux-voies et se frayaient un chemin au pas dans le brouillard vers Aston-le-Walls.

« Qu'est-ce qu'on va lui demander ? Attention ! » hurla Agatha comme un blaireau apparaissait dans les phares. James freina et le blaireau s'éloigna de son pas chaloupé vers une haie où il disparut.

« Je n'en sais rien. » grommela James. « Non mais je rêve ! » Il venait de repartir quand il dut à nouveau freiner brutalement : un chevreuil bondissait dans le brouillard devant eux. « Pourquoi ces foutus bestiaux ne restent pas chez eux bien au chaud au lieu de crapahuter partout par une soirée pourrie comme celle-ci ? Mr Comfort ? On n'a qu'à improviser. Il ne sera peut-être même pas chez lui. Ou peut-être aurons-nous affaire à une seconde Mrs Comfort. »

Geoffrey Comfort habitait une vaste demeure en bordure du village.

« On ne croirait jamais que ça rapporte autant de mettre des patates dans des sacs en plastique ! dit Agatha, admirative. Je commence à me dire que je me suis trompée de métier !

— Ça a l'air désert, ici, dit James en essayant de percer le brouillard. Non, attends ! On voit un rai de lumière à travers les rideaux en bas. »

Ils garèrent la voiture, s'approchèrent de la maison et sonnèrent.

Ils attendirent un bon moment. « Il a dû laisser allumé pour dissuader les cambrioleurs », commençait Agatha quand la porte s'ouvrit sur un homme d'un certain âge qui les regarda avec curiosité. Il était très gros et tout rond, comme une pomme de terre lui-même, l'une de ces patates lavées et emballées pour la vente en supermarché. Pour renforcer cette impression, il était légèrement hâlé et son visage s'ornait de deux grains de beauté qui faisaient penser à des yeux de pomme de terre.

« Oui ?
— Mr Comfort ?
— Oui.

– Je me présente : James Lacey. Et Mrs Agatha Raisin.

– Et alors ?

– Le mari de Mrs Raisin a été assassiné récemment. Il a séjourné dans un centre de remise en forme en même temps que votre femme.

– Allez vous faire foutre ! »

La lourde porte leur fut claquée au nez.

« Qu'est-ce qu'on fait maintenant ? demanda Agatha.

– On va se restaurer au pub le plus proche, voilà ce qu'on va faire. On peut difficilement sonner à nouveau et demander à lui parler. »

Une fenêtre s'ouvrit et la tête ronde de Mr Comfort apparut.

« Foutez-moi le camp d'ici, et vite, sinon je lâche le chien.

– La voilà, ta réponse ! Allez, en voiture, Agatha. »

Ils filèrent, et James dut faire un écart dans l'allée pour éviter un faisan. « Qu'est-ce qu'il fait debout, ce crétin ? Pourquoi n'est-il pas dans les arbres avec tous ses copains ? Qu'est-ce qu'ils ont tous, ces animaux, à vouloir se suicider ?

– J'ai envie d'un gin bien tassé, même de plusieurs, dit Agatha d'un ton lugubre. Dommage, toi, tu conduis.

– Ne t'inquiète pas. Je boirai juste ce qu'il faut pour ne pas me faire choper si je dois souffler dans le ballon. J'ai surtout faim. »

Ils trouvèrent le pub du village, bizarrement appelé le Tapestry Arms. Un menu était écrit à la craie sur un tableau à côté du bar. James lut tout haut : « Saucisse XXL-frites, poulet au curry-frites, lasagnes-frites, *fish and chips* et assiette de fromage.

– On essaie ailleurs ?

– Pas par ce temps. On n'a qu'à commander deux assiettes de fromage et croiser les doigts. »

L'assiette de fromage consistait en un morceau de baguette desséchée avec une lichette de beurre mollasson et un rectangle de fromage genre cheddar ressemblant comme deux gouttes d'eau à un morceau de savon désinfectant.

Le gin tonic d'Agatha était tiède, le pub étant à court de glace.

Des écharpes de brouillard étaient entrées dans la salle. Agatha repoussa son assiette qu'elle avait à peine touchée et alluma une cigarette. « Pas besoin de me lancer un regard noir, James. Avec ce brouillard, la fumée de ma cigarette ne fera pas grande différence.

– Alors, tu crois que la bonne femme d'à côté va accepter ton offre ?

– Oh, non. Je crois que je vais devoir payer le prix qu'elle demande. Je sais que c'est idiot, je sais que je pourrais acheter une autre maison dans le même secteur, mais je veux retrouver la mienne. As-tu remarqué le jardin, quand nous sommes allés chez elle ? Envahi de mauvaises herbes. Pourquoi les gens viennent-ils s'installer à la campagne s'ils n'aiment pas les choses qui poussent ? » demanda vertueusement Agatha.

Elle fronça le nez devant son gin tiède et le versa dans un ficus posé sur une étagère à côté de la table.

« J'en conclus que tu n'en veux pas d'autre ?

– Non, merci. Et la bière tiède ne me dit rien non plus.

– Alors autant affronter le voyage de retour dans le brouillard. »

Ils sortirent. Le brouillard s'était levé et un vent froid soufflait. Une petite lune semblait courir dans les nuages au-dessus d'eux. Une averse de faînes tomba sur la tête d'Agatha. « Encore !

– C'est du poison, dit James. Pour les moutons et les bovins. Pas pour les écureuils, en revanche. »

Quand ils arrivèrent chez James, il déclara d'une voix lasse : « J'ai l'impression qu'on tourne en rond sans résultat. C'est la police qui a toutes les ressources : elle peut contrôler les dépositions, les alibis, les relevés bancaires. Crois-tu que cela vaille la peine d'aller à Londres demain pour rencontrer cette secrétaire ?

– Bien entendu », rétorqua Agatha, qui redoutait maintenant que James ne reparte à l'étranger s'ils arrêtaient leurs investigations. « Tu verras les choses sous un meilleur jour demain matin. »

Helen Warwick n'était pas au Parlement, mais chez elle, un appartement situé dans un pâté de maisons victoriennes sur Gloucester Road, dans le quartier de Kensington. Quand elle vint leur ouvrir, Agatha eut du mal à croire au premier abord que cette dame avait pu être la maîtresse de sir Desmond. Elle était placide et grassouillette, avec des yeux gris clair et des cheveux bruns, relevés en chignon banane à l'ancienne. Elle portait un chemisier ajusté et une jupe en tweed, des chaussures confortables et n'était pas maquillée. À vue de nez, James lui donna la quarantaine.

Il déclina, correctement cette fois-ci, leur identité et la raison de leur visite. « Entrez, je vous prie », dit-elle alors.

L'appartement était assez grand, plutôt sombre, mais confortable, et un feu brillait gaiement dans le salon. Un grand vase de chrysanthèmes et de feuillages d'automne était posé sur une table très bien cirée près de la fenêtre. Le canapé et les chaises étaient garnis de coussins de plumes. Au-dessus de la cheminée était accroché un paysage anglais victorien de bonne facture. On avait l'impression que miss Warwick avait une certaine aisance, et ce depuis toujours.

« J'ai eu un choc en apprenant la mort de Desmond, dit-elle. Nous étions très liés. Il a toujours été si gentil et courtois. Je suis navrée que sa femme ait appris nos relations d'une façon si pénible. Qu'est-ce que c'est que cette histoire de chantage ? »

Ils lui parlèrent donc à loisir de Jimmy Raisin et

de Mrs Gore-Appleton. « Je me souviens d'eux, dit Helen Warwick. Non, ils n'ont pas cherché à me faire chanter. Je suis le genre de personne à aller tout droit à la police et ils s'en sont probablement doutés. Ils m'ont tout de suite été antipathiques. Comment ils ont pu trouver ma véritable identité est un mystère pour moi.

— Ils ont probablement fouillé votre sac à main, dit Agatha.

— Et vu que le nom sur ma carte de crédit était différent ? Je suppose. C'étaient des gens très déplaisants. En fait, maintenant que j'y pense, je crois savoir quel jour ils ont découvert la vérité.

— Parlez-nous d'eux, dit Agatha avec curiosité. Tous ceux à qui nous avons posé la question restent dans le flou, même une femme qui a passé la nuit avec Jimmy.

— Voyons... Vous voulez du café ?

— Non, merci », répondit James, impatient d'entendre ce qu'elle avait à dire et redoutant, si elle se rendait à la cuisine, de la voir changer d'avis entre-temps et renoncer à leur parler.

« Au début, Desmond et moi avons plaisanté à propos de ce centre de remise en forme. Nous ne nous intéressions pas vraiment à notre santé, mais nous nous disions que ce pourrait être amusant de se retrouver dans ce genre d'endroit. Un séjour à l'hôtel aurait pu mettre la puce à l'oreille de la femme de Desmond, et il lui avait dit qu'il se faisait du souci à propos de sa tension. Jimmy

Raisin était une épave. Nous sommes arrivés le même jour que lui. Il puait encore l'alcool, mais au bout de quarante-huit heures seulement, c'était un autre homme. Il nous tournait autour, tout sucre et tout miel, me donnait du *milady* à tout bout de champ et prétendait connaître toutes sortes de célébrités. C'était le genre d'homme qui appelle les *people* par leur prénom. Quand il parlait sans arrêt de son ami Tony, qui avait gagné un Oscar, c'est à Anthony Hopkins qu'il faisait allusion. Je suis persuadée qu'il ne le connaissait même pas. Mrs Gore-Appleton ne valait pas beaucoup mieux. Passez-moi l'expression, mais elle me donnait des boutons ! C'était une femme assez brutale qui masquait ses aspérités sous des dehors mielleux. Par exemple, elle m'inondait de compliments tout en me surveillant du coin de l'œil pour voir si j'étais dupe. Desmond a fini par leur dire qu'on voulait avoir du temps en tête à tête. Le lendemain – ça devait être cinq jours après notre arrivée –, ils ont commencé à nous adresser des regards entendus, puis à passer à côté de notre table avec des petits ricanements méprisants. J'ai cru que c'était parce que Desmond les avait rembarrés. Mais ils avaient dû découvrir que je n'étais pas lady Derrington. Que vous dire d'autre ? J'ai catalogué Jimmy Raisin comme un filou, un arnaqueur si vous voulez. Il y avait quelque chose de pas net chez lui. D'après ce qu'ont dit les journaux, j'ai cru comprendre que vous ne l'aviez pas revu depuis très longtemps,

Mrs Raisin. Gore-Appleton, elle, c'était une blonde musclée qui jouait les dames distinguées, mais il y avait quelque chose qui sonnait très faux chez elle. Écoutez, je vais nous préparer du café, ça me laissera du temps pour réfléchir. »

Agatha et James attendirent qu'elle revienne avec un plateau. Elle apportait non seulement du café, mais de petites brioches maison grillées. « Vous les avez faites vous-même ? demanda James en connaisseur. Elles sont excellentes, et le café est divin. » Il étira ses longues jambes. « C'est très confortable, chez vous. »

Helen lui sourit lentement. « Venez donc quand vous êtes en ville et avez une heure à tuer. »

Agatha se raidit. Cette sale bonne femme lui parut soudain une rivale beaucoup plus dangereuse que n'importe quelle blonde sylphide. Il lui tarda brusquement de soustraire James à ses griffes.

Mais Helen avait repris la parole :

« Vous dites qu'il avait passé la nuit avec une femme ? » Elle rit. « J'adore cet euphémisme : passer la nuit. Certainement pas à enfiler des perles. » Elle eut un rire bas et velouté, qui attira sur elle l'attention d'Agatha, dont les yeux d'ourse se mirent à étinceler d'une hostilité mal dissimulée.

« Une certaine Mrs Comfort, c'est ça ?

— Comment le savez-vous ? demanda James.

— Oh, Jimmy lui faisait du plat, et la Gore-Appleton le poussait. J'ai entendu Jimmy lui dire : "Ce soir, je l'aurai", et Mrs Gore-Appleton a ri en disant : "Amuse-toi bien" Le lendemain matin, leur langage corporel était éloquent, vous voyez ce que je veux dire, James ?

– Oh, absolument. »

Je vais la tuer, cette pouffe, pensa Agatha.

« Dire que cette pauvre dame, la vieille fille, a été assassinée ! » renchérit Helen avec un frisson qui était du grand art. « Un peu plus de café, James ? »

Son chemisier en soie avait un profond décolleté en V et elle se pencha en avant – délibérément, pensa Agatha –, de telle sorte que James put plonger sur deux seins fort décoratifs, bien nichés dans un soutien-gorge à froufrous.

Quand sa tasse fut à nouveau remplie, il se servit une autre brioche. Agatha gémit *in petto*.

Soudain, Helen posa les yeux sur elle. « Mais je me souviens ! Mr Lacey et vous deviez vous marier quand Jimmy a débarqué à votre mariage. » Elle rit à nouveau. « Ça a dû faire sensation ! Vous allez pouvoir vous marier à présent.

– Oui, dit Agatha.

– Ce n'est pas à l'ordre du jour », dit James.

Il y eut un silence tendu.

« Il faut qu'on y aille, dit Agatha d'un ton rogue.

– Tu peux attendre que j'aie fini mon café, très chère ? »

Agatha, qui avait commencé à se lever, se rassit.

« Lacey, Lacey, disait Helen. Vous êtes parent avec le général Robert Lacey ?

— C'est mon père. Il est mort il y a quelque temps.

— Oh, alors, vous savez sans doute que... »

Suivit le type de conversation qu'Agatha redoutait, où les deux autres se mirent à parler avec animation de personnes qu'elle ne connaissait pas.

Enfin, quand elle se dit qu'elle ne supporterait pas une minute de plus la situation sans hurler, James se leva, visiblement à contrecœur.

Ils prirent congé, Agatha la première, qui marmonna des remerciements du bout des lèvres, et James ensuite, qui se pencha pour embrasser Helen sur la joue en lui promettant de la revoir ; ils échangèrent leurs cartes.

Agatha ne décoléra pas de tout le trajet du retour. Elle critiqua amèrement ces harpies qui se faisaient entretenir par les hommes au lieu d'aller travailler. James essaya d'argumenter qu'en tant que secrétaire d'un député, Helen travaillait, mais cela ne fit qu'attiser l'exaspération d'Agatha. Il la déposa chez lui en lui disant qu'il avait quelqu'un à voir. Sur quoi elle fut en proie aux tourments d'une jalousie folle, s'imaginant qu'il était retourné à Londres pour passer la nuit avec Helen. Elle finit par se coucher et essayer de lire, tout en tendant l'oreille pour entendre sa clé dans la serrure. Enfin, juste après minuit, elle l'entendit rentrer, monter l'escalier, aller dans la salle de bains, faire sa toilette puis regagner sa chambre, sans venir lui dire bonsoir bien qu'il ait dû voir de la lumière sous sa porte.

Elle souleva la tête, donna des coups de poing dans son oreiller, éteignit la lumière et essaya de dormir. Mais le sommeil ne voulait pas venir et elle continua à se tourner et à se retourner, torturée par les images d'un monde plein de femmes toutes prêtes à lui arracher James.

Soudain, elle se raidit. Elle avait entendu un frôlement furtif quelque part au rez-de-chaussée, puis le claquement sec du rabat de la boîte aux lettres, et enfin le bruit d'un liquide qui se déversait. Elle passa sa robe de chambre et descendit l'escalier à la hâte. Elle ouvrit la porte de l'entrée au moment où une main gantée jetait une allumette enflammée par la boîte aux lettres. Alors elle recula aussitôt dans la salon et hurla « James ! » tandis qu'un rideau de flammes bondissait à sa rencontre. Il descendit l'escalier quatre à quatre. « Il y a le feu ! » hurla Agatha. Elle voulut ouvrir à nouveau la porte, mais il la tira en arrière.

« Monte dans la salle de bains et verse des seaux d'eau par terre. Ça vient de l'autre côté du hall. Il faut qu'on arrête le feu avant qu'il touche le chaume ! »

James courut à la cuisine et Agatha se précipita dans l'escalier. En jurant, il remplit un seau d'eau, revint à la course et en lança le contenu sur la porte du salon, dont la peinture commençait déjà à cloquer et à se craqueler.

À l'étage, Agatha versait de l'eau sur le sol de la salle de bains en sanglotant de peur. On entendait des cris et des hurlements au-dehors. Agatha reconnut nettement la voix du patron du pub, John Fletcher, qui criait : « Continuez à jeter de la terre. On n'ose pas attendre les pompiers. Plus de terre, Mrs Hardy. Allez-y carrément. C'est un feu qui a été démarré à l'essence, je le sens. »

Au moment où James criait : « C'est bon, maintenant », Agatha, elle, entendit la sirène des voitures de police et de celle des pompiers au loin. Elle descendit lentement l'escalier et s'assit sur les premières marches, la tête entre les mains.

La porte du salon était ouverte à présent, révélant les restes calcinés du petit vestibule qui disparaissait sous des monceaux de terre.

« Qui a pu vouloir faire une chose pareille ? demanda James. On voulait nous brûler vifs.

— Sans doute Helen Warwick », répondit Agatha avant de fondre en larmes.

7

Brusquement, la maison sembla pleine de monde : Fred Griggs, l'officier de police, Mrs Bloxby, qui avait enfilé un pull et un pantalon par-dessus son pyjama ; John Fletcher, le patron du pub ; Mrs Hardy et divers autres habitants du village.

« Il faut remercier Mrs Hardy ici présente pour sa réaction rapide, dit Fred. Elle a téléphoné aux pompiers et s'est précipitée avec des seaux emplis de terre pour arrêter le feu. L'eau n'est pas d'un grand secours quand le feu a été provoqué par de l'essence.

« Ça va, Mrs Raisin ? » Le visage généralement revêche de Mrs Hardy trahissait une certaine sollicitude.

« Un peu secouée.

– Qui a pu faire une chose pareille ? »

Agatha frissonna et serra ses bras autour d'elle. « Je ne vois vraiment pas. »

Lorsque la police arriva, puis Bill Wong avec deux autres inspecteurs qu'Agatha ne connaissait pas, la Société des dames de Carsely avait pris possession de la cuisine et préparait du thé pour tout le monde. On la traita avec mille égards et on lui donna des gâteaux faits maison. John Fletcher avait apporté une caisse de bière du pub et servait des pintes aux hommes. James regardait son cottage envahi avec des yeux déconcertés, se demandant s'il ne devait pas mettre de la musique et transformer l'occasion en fête.

Mais la police renvoya tout le monde après avoir entendu le rapport du chef des pompiers ; alors, les inspecteurs commencèrent à interroger James et Agatha.

« Vous avez plongé le bras en eaux troubles et remué la vase, dit Bill d'un ton accusateur à Agatha. Qui êtes-vous allés voir aujourd'hui ? Ou plutôt hier », rectifia-t-il après avoir jeté un regard à l'horloge.

James lança à Agatha un regard d'avertissement, mais elle répondit : « Helen Warwick.

— Quoi ! La secrétaire qui avait une liaison avec sir Desmond ? Je vous avais pourtant dit à tous les deux de ne plus vous mêler de cette affaire !

— Je sais, répondit James d'une voix lasse. Mais tant que le meurtre ou les meurtres ne sont pas élucidés, Agatha et moi aurons toujours l'impression d'être suspects.

— Laissons ça de côté pour l'instant. Qui d'autre êtes-vous allés voir ?

— Personne d'autre hier.

– Et la veille ? »

James hésita. Puis il haussa les épaules et dit : « Mrs Comfort est partie en Espagne avec son amant, un certain Basil Morton qui vit à Mircester. Nous sommes allés voir si nous pourrions apprendre quelque chose à son sujet. Il est marié et comme sa femme n'avait aucune idée de ses activités, nous sommes partis. Après quoi, nous sommes allés voir l'ex-mari de Mrs Comfort à Aston-le-Walls. Il a menacé de lâcher son chien sur nous. Point final.

– Et comment avez-vous trouvé les coordonnées de Mr Comfort ? Son adresse ? Et maintenant que j'y pense, où avez-vous trouvé l'adresse des autres personnes qui étaient au centre de remise en forme ?

– Roy Silver a eu recours aux services d'une enquêtrice privée pour avoir des renseignements sur Jimmy, annonça Agatha. Cette femme a trouvé des adresses qu'elle nous a communiquées.

– Son nom ?

– Je ne me le rappelle pas, dit Agatha.

– Nous demanderons à Silver. »

Agatha jeta un regard éperdu à James, qui intervint :

« Ce n'est pas la peine de mentir, Agatha. Nous avons fait un court séjour au centre de remise en forme, Bill. Pendant que nous y étions, nous avons eu l'occasion de consulter les archives. Pensez-vous que le reste de l'interrogatoire pourrait attendre que nous ayons l'un et l'autre dormi un peu ? Nous sommes plutôt secoués.

– Soit. Mais je veux vous voir au commissariat dès que vous serez en état de vous y rendre. »

Tandis que Bill Wong s'éloignait en voiture avec les autres enquêteurs, sa première pensée fut : « J'en ai, des choses à raconter à Maddie », aussitôt suivie de la réflexion suivante : « Plutôt crever. » Curieux, quand même, qu'ils ne puissent pas trouver cette Mrs Gore-Appleton. Et pourtant, une pensée le tarabustait sans se formuler clairement, quelque chose qu'il avait entendu dire, quelque chose de très évident mais qu'il n'avait pas songé à faire.

Le menuisier du village effectua des réparations temporaires avec de l'aggloméré le lendemain, et il installa une porte de fortune. Mrs Hardy téléphona à Agatha et lui demanda de « faire un saut à côté » pour bavarder un peu. « Je vais voir ce qu'elle veut, James, et ensuite, nous avons intérêt à filer à Mircester. »

Agatha se rendit donc à reculons dans la maison voisine. Elle avait pris en grippe Mrs Hardy ; pourtant cette femme avait fait tout son possible pour aider à éteindre l'incendie. Elle leur avait sauvé la vie, se dit Agatha. Ce qui était très exagéré : ils auraient pu tous deux se sauver par la porte de derrière.

Mais c'était une Mrs Hardy métamorphosée qui

vint lui ouvrir la porte. « Entrez donc, ma pauvre amie, dit-elle. Quel cauchemar !

— Merci pour tout ce que vous avez fait pour nous, dit Agatha, la suivant dans la cuisine.

— Café ?

— Volontiers. »

Mrs Hardy versa deux tasses et elles s'assirent à la table de la cuisine.

« J'irai droit au but, dit Mrs Hardy en tournant sa tasse nerveusement entre ses doigts ornés de bagues. J'avais décidé de venir m'installer à la campagne pour chercher la paix et la tranquillité. J'ai trouvé ça un peu trop tranquille à mon goût, mais ce qui vous est arrivé la nuit dernière est effrayant. Ce n'est pas du tout l'idée que je me fais de l'animation. Il y a un fou en liberté, et je veux quitter les lieux. Je suis prête à accepter votre offre de cent dix mille livres. »

Agatha faillit dire qu'elle lui en offrait cent trente, la somme qu'elle avait proposée au départ, mais elle se mordit les lèvres à temps.

« Quand voulez-vous passer chez le notaire ? reprit Mrs Hardy.

— Voyons... Nous nous préparions à aller à Mircester faire notre déposition. Nous pourrions nous rendre ensuite directement à Cheltenham. On dit quatre heures ?

— Je m'en occupe.

— Dites-moi, demanda Agatha, curieuse, qu'est-ce

qui vous déplaît à Carsely, en dehors du meurtre et des agressions ? »

Mrs Hardy poussa un petit soupir. « Depuis la mort de mon mari, je me sens très seule. Je me disais qu'un petit village serait un lieu convivial.

— Mais ça l'est ! protesta Agatha. Tout le monde est prêt à se montrer amical si seulement vous donnez aux gens l'occasion de se manifester.

— Mais alors, il faut aller à l'église, faire la conversation avec les ploucs au pub et devenir membre de je ne sais quelle abominable Société de dames.

— Je les trouve tous charmants.

— Eh bien, pas moi. J'aime les grandes villes. Je vais chercher une location à Londres. Je mettrai mes meubles au garde-meubles et prendrai un appartement avec services pendant quelques semaines, le temps de me retourner. »

Mais la remarque de Mrs Hardy sur la difficulté de se faire des amis avait touché une corde sensible chez Agatha, qui se rappelait sa propre solitude avant son arrivée à Carsely.

« Pourquoi ne pas rester ? dit-elle. Nous pourrions devenir amies.

— C'est très gentil à vous. » Mrs Hardy eut un sourire sarcastique. « Vous ne voulez-pas récupérer votre cottage ?

— Si, bien sûr, mais...

— C'est comme si vous l'aviez. Rendez-vous cet après-midi chez le notaire. »

« Eh bien c'est réglé, dit Agatha à James quelques minutes plus tard. Je vais donc bientôt me retrouver chez moi. Elle a dit que je pourrais emménager quinze jours après la signature des papiers. »

James éprouva une légère irritation. Quelques instants plus tôt, il aurait juré que ce qu'il désirait le plus au monde, c'était se retrouver seul dans son cottage, sans Agatha Raisin qui laissait tomber ses cendres de cigarette partout. À présent, il trouvait qu'elle aurait dû avoir la décence de cacher sa joie à l'idée de quitter son domicile.

« Alors, si tu es prête, allons au commissariat », dit-il.

Des feuilles tombaient en frémissant devant eux quand ils partirent ; elles dansaient et tourbillonnaient, poussées vers le sol par les rafales du vent d'automne qui soufflait d'un ciel chargé de nuages noirs et déchiquetés.

Toute la campagne était en mouvement. Des averses de faînes tambourinaient sur le toit du véhicule. Une femme qui sortait d'une voiture au garage Quarry attrapa ses jupes pour qu'elles ne s'envolent pas. Un vieux journal s'éleva du sol en tourbillonnant avant d'exécuter une danse endiablée au-dessus des sillons d'un champ dont la terre brune était fraîchement labourée. Et quelque part, se dit Agatha, rôdait un assassin.

« Ça doit avoir un rapport avec Helen Warwick, dit-elle.

– Ne sois pas ridicule, rétorqua sèchement James.

Tu la vois venir de Londres pour verser de l'essence par la boîte aux lettres ? Pour quel motif ?

— Je jurerais qu'elle sait quelque chose.

— Ah vraiment ? Alors dans ce cas, je vais retourner la voir.

— Ben voyons, ça ne serait pas pour te déplaire, hein ?

— En effet. Je l'ai trouvée charmante.

— Les hommes sont aveugles. Elle était fausse et sournoise. Et intéressée.

— C'est ta jalousie qui parle, Agatha.

— Moi ! Jalouse de cette grosse tourte ? On a failli y rester hier soir.

— Pas avec une porte donnant sur le jardin.

— Et si nous avions été endormis tous les deux ? »

L'argument était sans réplique.

Ils finirent le trajet en silence.

Au commissariat, les questions n'en finissaient pas. Cette fois-ci, c'était l'inspecteur divisionnaire Wilkes qui menait l'enquête, flanqué de Bill Wong. Agatha se rendit compte qu'elle commençait à transpirer. Elle avait peur que James ou elle ne vende la mèche et que Wilkes n'apprenne leur effraction de l'avant-veille.

Quand tout fut enfin terminé et qu'ils eurent signé leurs dépositions, Wilkes leur annonça d'un ton sévère : « Je devrais vous inculper l'un et l'autre pour entrave à enquête policière. C'est mon dernier avertissement. Nous vous semblons peut-être très lents, mais nous ne laissons rien de côté. »

Ils quittèrent le commissariat penauds. D'une fenêtre à l'étage, Maddie les regarda partir. Elle se mordilla l'ongle du pouce en les suivant des yeux. On ne l'avait pas invitée à assister à l'interrogatoire. Au lieu de lui confier d'autres tâches concernant l'affaire, on l'avait chargée d'enquêter sur une série de cambriolages. Persuadée que Bill Wong avait retourné ses supérieurs contre elle, elle lui en voulait.

Bill n'avait pas ouvert la bouche, mais ses collègues n'avaient pas aimé le voir plaqué. Bill était très apprécié. Maddie, non. Même dans les forces de l'ordre, les femmes étaient censées posséder les vertus féminines. Et ne pas plaquer leurs homologues masculins. Alors si l'inspecteur divisionnaire n'avait pas déclaré officiellement : « Nous ne voulons pas de Maddie Hurd sur cette affaire à cause de la façon dont elle a traité Bill Wong », inconsciemment il avait décidé qu'elle n'était pas à sa place.

Agatha procéda aux dernières démarches pour le rachat de sa maison. Sa conscience la poussa finalement à offrir cent vingt mille livres. Elle trouvait qu'elle avait mal jugé Mrs Hardy et qu'un certain esprit de camaraderie les liait à présent.

Quand elles sortirent de chez le notaire, Agatha proposa spontanément : « Vous savez, il y a un bal à la mairie samedi soir. Pourquoi ne viendriez-vous pas avec James et moi ? Non, ne refusez pas d'emblée. Je m'étais dit que je détesterais ce genre de choses, mais finalement on s'y amuse. Et c'est pour la bonne cause : nous récoltons des fonds pour la lutte contre le cancer. »

Mrs Hardy sourit mollement. Toute son agressivité semblait l'avoir quittée. « Eh bien, peut-être..., dit-elle, hésitante.

– C'est ça, réfléchissez. »

Agatha agita la main en la quittant et se dirigea vers sa voiture où James l'attendait.

« Bon, eh bien voilà qui est fait ! » déclara-t-elle joyeusement. « Tu sais, elle n'est pas si épouvantable que ça. Je lui ai proposé de venir au bal avec nous samedi.

– Je ne savais pas qu'on y allait, grogna James.

– Bien sûr que si. Comment pourrait-on se passer de nous au bal du village ? »

Agatha mit un chemisier habillé en mousseline et une jupe en velours noir pour le bal du samedi, regrettant que même pour une sauterie villageoise, on ait renoncé à jamais aux robes du soir. C'était une tenue tellement glamour ! Elle regrettait sa décision de parrainer Mrs Hardy au bal. Pourtant, il n'y avait sûrement personne au village qui soit susceptible d'attirer les yeux baladeurs de James. Oui, il avait l'œil baladeur. La preuve : l'intérêt qu'il avait manifesté à Helen Warwick.

Sa remarque « laisse-moi du temps » devait laisser la porte ouverte à l'espoir. Peut-être pourraient-ils aller ensemble à Chypre pour de simples vacances. Cela n'avait pas besoin d'être une lune de miel. Assise devant sa coiffeuse, le bâton de rouge à lèvres arrêté à mi-course vers sa bouche, les yeux rêveurs, elle se voyait en train de marcher sur la plage avec lui en bavardant.

Puis elle haussa les épaules, se pencha en avant et appliqua le rouge à lèvres d'une main soigneuse. Le James de ses rêves parlait toujours d'or et disait toutes ces choses adorables qu'elle avait tant envie d'entendre. Le véritable James parlerait sans doute de livres ou de la situation politique. Elle se leva. Sa jupe flottait autour de sa taille. Pas à cause de ce bref séjour au centre de remise en forme, mais de la vie avec James, de ses repas préparés selon les règles : pas de friture, ni de desserts. Elle n'était pas non plus tentée de manger avant les repas car elle se sentait encore obligée de lui demander la permission pour tout et il était plus facile de ne pas grignoter en dehors des repas que de se faire taxer de gloutonnerie. Elle avait le visage plus mince, le teint plus clair. On pourrait me donner quarante ans – peut-être, se dit-elle.

Quand ils passèrent chercher Mrs Hardy et commencèrent à marcher vers le centre du village, Agatha jeta un coup d'œil de biais à sa voisine : elle aurait pu faire un petit effort de coquetterie. Mrs

Hardy portait une jupe de tweed vert assez informe et un chemisier noir sous un imperméable.

« Je ne trouve pas que ce soit une très bonne idée, dit-elle. Je n'aime pas danser.

– Alors restez au moins le temps de prendre un verre, insista Agatha, et si ça ne vous plaît toujours pas, vous rentrerez chez vous. »

Des flots de lumière s'échappaient de la mairie, avec les flonflons joyeux de l'orchestre du village. « Ce soir, ce seront des danses à l'ancienne, dit Agatha. Pas de heavy metal !

– Vous voulez dire qu'on aura droit aux valses à l'accordéon et aux pas de deux écossais ?

– Oui.

– Oh, ça, je sais le danser, dit Mrs Hardy. J'ignorais que ça se pratiquait encore aujourd'hui. Je croyais qu'on avalait sa pilule d'ecstasy avant de tourner comme des derviches. »

Ils laissèrent leurs manteaux au vestiaire improvisé pour l'occasion, tenu – d'une main de fer – par la vieille Mrs Boggle. « Ça fera cinquante pence chacun, dit-elle. Et suspendez vos manteaux vous-mêmes.

– C'est bien la première fois qu'on me fait payer le vestiaire à la mairie, dit Agatha d'un ton soupçonneux.

– Vous croyez quand même pas que je vais faire ça gratis, non ! » grommela Mrs Boggle.

James paya et conduisit les deux femmes dans la salle des fêtes. « Et on enchaîne sur une danse country », annonça le pasteur, Alf Bloxby.

James se tourna vers Mrs Hardy : « Ça vous dit d'essayer ?

— Je ne sais pas...

— Oh, allez », dit généreusement Agatha, décidée à être charitable et guillerette à l'idée de bientôt réintégrer ses pénates.

James et Mrs Hardy se dirigèrent vers le parquet et Agatha vers le bar, où John Fletcher, ayant laissé sa femme et son fils s'occuper du pub, officiait. « Un gin tonic, John, demanda Agatha.

— Ça marche. Comment va l'enquête ? Ils ont arrêté quelqu'un pour le meurtre ? »

Agatha secoua la tête.

« C'est bizarre, quand même. Et il y a eu aussi celui de cette pauvre femme au cinéma. Notez que pour l'instant, la police ne pense pas que les deux soient liés.

— Ah non ? Depuis quand ?

— Je ne sais pas. Fred Griggs a fait une réflexion dans ce sens l'autre jour. »

John se détourna pour servir un autre client.

Agatha s'aperçut que Mrs Bloxby était près d'elle. « Mrs Hardy a l'air de sortir de sa coquille », dit la femme du pasteur.

Agatha se tourna pour regarder le parquet. Mrs Hardy dansait avec une grâce inattendue et riait à une remarque de James.

« Et si je ne m'abuse, elle a une petite lueur coquine dans l'œil. Oh, elle ne fait pas le poids, se hâta d'ajouter Mrs Bloxby. Vous êtes radieuse en ce moment.

– La cuisine de James, sûrement, dit Agatha. Nous avons amené Mrs Hardy pour la distraire un peu. J'espère qu'elle ne va pas s'amuser au point de rester ici.

– Mais vous avez récupéré votre cottage ?

– Oui, tout est signé et réglé.

– Dans ce cas, elle ne peut plus rien faire.

– J'espère que James ne va pas s'emballer et jouer les bons Samaritains lui aussi. S'il l'invite pour la prochaine danse, je lui tords le cou, à cette femme... aïe ! On a vite fait de dire un mot malheureux ! Je ne crois pas qu'on trouvera un jour qui a tué Jimmy.

– Allons nous asseoir dans ce coin là-bas, loin du bruit de l'orchestre, et racontez-moi tout », dit Mrs Bloxby.

Agatha hésita. Le morceau était fini. Mais James invitait miss Simms pour la danse suivante.

« D'accord », dit-elle. Elles emportèrent leurs boissons vers deux chaises dans un coin de la salle.

« Je crois que vous connaissez l'essentiel de l'histoire, commença Agatha. Jimmy, et peut-être cette fameuse Mrs Gore-Appleton, qui dirigeait une association caritative douteuse, ont séjourné dans un centre de remise en forme où ils ont cherché à avoir un maximum d'informations sur les autres clients et ont essayé d'en faire chanter certains. Pour moi, c'est l'une de leurs victimes qui a fait le coup. » Et elle décrivit par le détail leurs investigations.

Mrs Bloxby écouta attentivement, puis elle dit : « À mon avis, le suspect numéro un, c'est Mrs Gore-Appleton elle-même.

– Mais ils étaient de mèche !

– Exactement. Seulement Jimmy a recommencé à boire et il est retombé dans le ruisseau. Quand il a refait surface, il a décroché de l'alcool assez longtemps pour se pointer à votre mariage. Alors, on peut penser qu'avant ça, il a eu une période où il était relativement sobre et avait besoin d'argent. Pourquoi n'aurait-il pas cherché à retrouver son ancienne protectrice ? Et pensez à ceci : imaginez qu'elle ne veuille plus rien avoir à faire avec lui et l'envoie sur les roses. Seulement voilà, Jimmy a pris goût au chantage. Or ils ont été proches à un moment, et il doit savoir que l'association caritative n'était pas nette. Il sait aussi que Mrs Gore-Appleton est recherchée par la police. Alors il la menace et lui dit quelque chose du genre : "Si vous ne payez pas, je leur dis où vous trouver." Attendez. Ça a pu se passer juste avant qu'il n'arrive ici. Il lui dit qu'il va aller à Carsely. Elle le suit et guette le moment propice, or lequel est mieux choisi que celui où, fin soûl, il vient de se disputer avec sa femme ? »

Agatha la regarda bouche bée.

« C'est tellement simple, dit-elle, et tout à fait plausible. Mais avec tous les moyens dont elle dispose, la police doit être capable de retrouver cette femme.

— Elle a pu changer de nom.

— C'est une idée. Je me demande si les enquêteurs ont pensé à aller aux Archives nationales pour voir si une Mrs Gore-Appleton avait changé de nom. Enfin quand même, ils ont dû faire ça.

— Cette femme était et est toujours une criminelle, Agatha. Elle a facilement pu se procurer de faux papiers. Elle mise à part, avez-vous trouvé dans le cours de vos investigations une personne susceptible d'être un assassin ?

— Tous autant qu'ils sont ! Ces empreintes de chaussures d'homme à côté du corps sont peut-être un leurre. D'instinct, je dirais que c'est une femme qui a fait le coup. Cette secrétaire, Helen Warwick. Je me méfie d'elle comme de la peste.

— Il faut une certaine force pour étrangler un homme.

— Mrs Comfort a dit quelque chose de bizarre à propos de Mrs Gore-Appleton. Elle a dit qu'elle était masculine.

— Alors ce pourrait être un homme travesti en femme ? proposa Mrs Bloxby.

— Tout est possible, vous savez.

— Te voilà, dit James en arrivant. Tu danses, Agatha ?

— Assieds-toi un moment, dit celle-ci. Mrs Bloxby a des idées pour nous. » Quand Mrs Bloxby eut fini de les exposer, son mari annonça la danse suivante, un quart d'heure américain. À la grande consternation d'Agatha, Mrs Hardy vint taper sur l'épaule de James et l'entraîna avec la détermination d'un policier militaire arrêtant un déserteur.

« J'aimerais bien qu'elle retourne dans sa coquille, cette bonne femme », marmonna Agatha. Elle commençait à avoir l'impression d'être condamnée à faire tapisserie. Puis elle se souvint que c'était au tour des femmes de choisir un partenaire, et elle invita l'un des fermiers à danser.

Mrs Bloxby l'observait. Agatha était presque jolie : ses yeux étaient trop petits et sa silhouette, même amincie, un peu trapue, mais elle avait de très jolies jambes et ses cheveux bruns resplendissaient.

Agatha commença à oublier l'assassinat et à prendre plaisir à la soirée. James l'invita pour la danse suivante, puis ils allèrent au bar pour partager quelques verres entre amis. Mrs Hardy ne rata pas une danse, le visage rosi, les yeux brillants.

« Jamais je n'aurais cru que cette vieille taupe hargneuse était finalement si sympathique. Enfin, tu vois ce que je veux dire », glissa Agatha à James.

Le bal se termina comme d'habitude à minuit. Ils prirent congé et Agatha remarqua que la vieille Mrs Boggle, après avoir empoché l'argent, avait pris le large, laissant les manteaux sans surveillance.

Ils rentrèrent à pied. Mrs Hardy était pendue au bras de James, au grand agacement d'Agatha, et ne tarissait pas d'éloges sur la soirée. Juste au moment où ils tournaient dans Lilac Lane, une silhouette sombre se détacha de l'ombre encore plus épaisse des buissons.

À la faible lumière de la lune, ils virent avec horreur qu'ils se trouvaient face à un agresseur masqué qui les menaçait d'un pistolet.

« C'est un avertissement, grinça l'homme. Cassez-vous. Et pour vous montrer que je ne rigole pas.... »

Il abaissa le pistolet, visant les jambes d'Agatha.

Pendant une fraction de seconde, ils restèrent figés, puis le pied de Mrs Hardy jaillit comme celui d'un expert en karaté et le pistolet tomba de la main de l'homme. Il tourna les talons et s'enfuit. Mrs Hardy fila à sa poursuite, mais trébucha et tomba, bloquant l'élan de James, qui buta sur elle et s'étala dans l'allée.

Agatha retrouva sa voix et se mit à hurler au secours.

Nouveaux interrogatoires avec la police. Agatha, blême et tremblante, fut encore plus choquée d'apprendre que le pistolet n'était pas un vrai. On dit à Mrs Hardy qu'elle avait été très courageuse, mais très imprudente. L'arme aurait pu être réelle.

« Où avez-vous appris à donner des coups de pied pareils ? demanda Bill Wong.

— Dans ces films de kung-fu à la télé, répondit Mrs Hardy en riant. Je suppose que c'était idiot de réagir comme ça – c'est un hasard que j'aie désarmé ce type.

– N'oubliez pas que si ce pistolet avait été un vrai et chargé, le coup aurait pu partir, l'avertit Bill.

– Ah, moi je trouve qu'elle a été très courageuse », dit Agatha, les mains crispées sur une tasse de thé chaud et sucré.

Pendant que l'interrogatoire de James et de Mrs Hardy se poursuivait – Quelle voix avait l'homme ? Quelle taille ? Quels vêtements portait-il ? –, Agatha se mit à penser à Helen Warwick. Après qu'ils avaient été la voir, on avait mis le feu à la maison de James, puis il y avait eu cette agression.

Il devait y avoir un rapport.

Mais lorsque les policiers furent partis rejoindre les autres forces de l'ordre – policiers armés, policiers avec des chiens et policiers avec des hélicoptères – arrivées en nombre pour passer le secteur au peigne fin, et que Mrs Hardy eut finalement regagné son cottage, Agatha fit part à James de ses soupçons. Il haussa les épaules et déclara : « C'est ridicule.

– Mais pas du tout ! s'exclama Agatha.

– Tu as eu très peur, dit James d'une voix apaisante. Il faut que j'aille à Londres demain voir un vieil ami. Je te conseille de passer la journée au lit pour te remettre de tes émotions. Non, non, plus un mot ! Tu n'es pas en état de réfléchir correctement. »

Agatha se réveilla à neuf heures, seule dans le cottage ; la voiture de James n'était plus là. Elle éprouva une bouffée de colère. Merde alors ! Elle aussi allait se rendre à Londres et demander à Roy Silver si son enquêtrice avait du nouveau.

On sonna à la porte. Elle courut ouvrir, espérant que James était revenu. Mais c'était la femme du pasteur.

« Ah, Mrs Bloxby, entrez donc. Je me préparais à partir pour Londres.

— Je me tue à vous répéter de m'appeler Margaret. Et ne feriez-vous pas mieux de vous reposer ?

— On a arrêté quelqu'un ? lança Agatha par-dessus son épaule pendant qu'elle conduisait sa visiteuse à la cuisine.

— Il n'y a aucune piste. La police cherche toujours. Les bois au-dessus du village sont pleins d'hommes avec des chiens. Il portait des gants, votre agresseur ?

— Je crois. Pourquoi ?

— Mais à cause des empreintes. »

Agatha saisit la verseuse de la machine à café d'une main qui s'était mise à trembler, et elle la laissa tomber. La verseuse ne se cassa pas mais rebondit sur le sol, répandant du café et éclaboussant les placards. Agatha fondit en larmes.

« Allons, allons, dit Mrs Bloxby en la guidant vers la table. Asseyez-vous là pendant que je nettoie tout ça.

— James est tellement maniaque, sanglota Agatha. Il va être furieux.

– Quand j'aurai terminé, il ne se doutera de rien », dit Mrs Bloxby en ôtant son manteau.

Elle ouvrit le placard sous l'évier, sortit les produits ménagers et une serpillière. Pendant qu'Agatha reniflait lugubrement dans un mouchoir, Mrs Bloxby s'acquitta de sa tâche avec calme et efficacité. Puis elle brancha la bouilloire en disant : « Je crois que du thé serait préférable pour vous. Vous êtes déjà sur les nerfs. Je suis surprise que James soit parti. Qu'est-il allé faire ?

– Il a dit qu'il allait voir un vieil ami. » Agatha, qui avait momentanément repris le contrôle d'elle-même, se remit à pleurer. « Mais je n'y crois pas. Je pense qu'il est allé voir cette meurtrière, Helen Warwick.

– Je vais vous préparer une tasse de thé et vous allez tout me raconter. »

Lorsqu'elles furent toutes les deux attablées, Agatha décrivit la visite à Helen Warwick et raconta qu'ensuite, quelqu'un avait tenté de les tuer en mettant le feu à la maison de James, puis que la veille, l'homme masqué lui aurait tiré dans les jambes si Mrs Hardy ne l'avait désarmé d'un coup de pied.

« J'ai entendu parler de ce qui s'est passé hier. C'était très courageux de la part de Mrs Hardy. Et tout cela prouve que votre geste charitable en l'emmenant à la fête du village a été récompensé. Ça me conforte dans ma conviction que les gens sont fondamentalement bienveillants quand je vois qu'un peu de gentillesse a des conséquences aussi bénéfiques. »

Agatha réussit à sourire à travers ses larmes. « Oui, mais avec les Boggle, ça ne marche pas.

— Oh, les Boggle... Il y a toujours une exception. Mais je suis persuadée que si James s'intéresse à Helen Warwick, c'est dans le cadre de l'affaire, non ?

— James a très mauvais goût en matière de femmes, dit sombrement Agatha. Vous vous souvenez de Mary Fortune ? »

Mary Fortune était une divorcée qui s'était fait assassiner, mais qui avait eu auparavant une brève liaison avec James.

« Vous n'étiez pas là à ce moment-là, souligna Mrs Bloxby. Est-ce que des journalistes sont venus poser des questions ?

— À propos de la tentative d'agression d'hier ? Non. Je crois que la police ne veut pas avoir la presse sur le dos et qu'elle a fait le nécessaire pour que rien ne s'ébruite pour l'instant. Les gens du village aussi en ont assez de la presse, et aucun d'entre eux ne téléphonera à un journal. Je vais aller à Londres voir si Roy Silver a du nouveau. J'ai une idée. Je passerai peut-être la nuit là-bas. Je vais mettre un mot à l'intention de James.

— Vous ne feriez pas mieux d'attendre ici ? La police voudra sûrement vous interroger à nouveau.

— Ils n'auront qu'à parler à la voisine. Moi, j'ai besoin de changer d'air.

« – Et moi, je pense que vous devriez être prudente, Agatha. On dirait que quelqu'un redoute plus vos investigations que celles de la police.

– Je commence à me dire qu'il y a un fou dans cette histoire. Regardez : c'est un homme qui nous a menacés hier soir. Mrs Comfort a dit que Mrs Gore-Appleton ressemblait à un homme. Peut-être n'y a-t-il jamais eu de Mrs Gore-Appleton. Mais un Mr Gore-Appleton. Peut-être qu'un homme s'est fait passer pour une femme dans le cadre de cette arnaque.

– Je crois que vous feriez mieux de rester ici et de vous reposer, Agatha.

– Non. Je pars. Je me sentirai mieux dès que je serai loin du village. »

Mais Agatha oublia de laisser un message à James.

Une fois à Londres, elle prit la direction de Kensington et de Gloucester Road. Il fallait qu'elle s'assure que James avait dit vrai et que ce n'était pas Helen Warwick qu'il était allé voir. Tout en conduisant le long de Gloucester Road en direction de l'immeuble où vivait la secrétaire, elle regardait les voitures garées. Bien entendu, James avait pu se garer n'importe où. Il était toujours difficile de trouver une place à Kensington. Sa voiture pouvait stationner tranquillement dans Cromwell Gardens ou Emperor's Gate, ou quelque part où elle ne pouvait pas la voir. Mais brusquement, elle se matérialisa devant un parcmètre, tout près de l'immeuble d'Helen Warwick. Et pour couronner le tout, James et Helen surgirent de la porte, bavardant comme de vieux amis. La voiture derrière celle d'Agatha, qui conduisait à moins de dix à l'heure, se mit à klaxonner avec impatience. Agatha appuya sur le champignon. Elle mourait d'envie de faire demi-tour, de rejoindre le couple, d'ouvrir la fenêtre et d'abreuver James d'injures.

Au lieu de quoi, elle longea Palace Gate, tourna à gauche à la hauteur de Kensington Gardens et se dirigea vers la City.

Roy était à son bureau. Il se mit à l'abri derrière sa table de travail quand il vit la mine sombre d'Agatha. « Alors, ma chérie, qu'est-ce que tu me racontes ? »

Agatha lui narra par le menu l'incendie, la tentative d'agression au pistolet et les investigations auxquelles elle s'était livrée avec James... Roy se détendit visiblement : l'expression d'Agatha devait être la conséquence de toutes ces voies de fait et n'avait rien à voir avec lui.

« Peut-être que c'est cette bonne femme, Hardy, finalement », dit-il quand Agatha eut terminé. « La voilà qui se pointe à Carsely sans qu'on sache d'où elle vient. Et si c'était elle en fait, Mrs Gore-Appleton ? Je veux dire que les coïncidences, ça arrive tout le temps. Des tas de gens vont vivre dans les Cotswolds pour découvrir que leur plus proche voisin est quelqu'un qu'ils ont toute leur vie essayé d'éviter. Écoute-moi : elle achète ton cottage. Le fait que tu t'appelles Raisin et que tu es probablement la femme de Jimmy l'amuse. Ce n'est pas un nom si commun après tout. Elle est au courant de tes projets de mariage avec James, mais elle te croit divorcée. Jimmy ne lui a peut-être même jamais parlé de toi. Et puis voilà qu'un jour où il déambule au hasard, bourré, il tombe sur elle, reconnaît son ancienne complice et essaie de la coincer. Elle le liquide. Et puis elle va au cinéma à Mircester, et là, elle repère miss Purvey, et ce qui est pire, miss Purvey la reconnaît. Il faut donc la réduire au silence...

Alors elle commence à avoir les jetons. Elle essaie de vous cramer tous les deux, mais un voisin commence à crier "au feu", elle voit ta lumière en haut et t'entend hurler "James" ou un truc comme ça. Alors, comme elle devine que vous allez vous en tirer, elle se dit qu'elle a intérêt à jeter des seaux de terre pour ne pas être soupçonnée. Et puis elle cherche le moyen de vous dissuader de continuer à fouiner. Elle engage un acteur ou un voyou pour monter cette agression bidon, vous flanquer une bonne trouille et, par la même occasion, lui donner l'occasion de jouer les héroïnes. Qui irait soupçonner une héroïne ?

— C'est très astucieux, Roy, et j'aimerais bien être convaincue. Mais James et moi sommes allés dans son cottage – j'ai toujours les clés – pour fouiller dans ses papiers. Et il n'y a aucun mensonge sur la personne.

— Pas de pot !

— Ton détective semble savoir s'y prendre beaucoup mieux que la police avec les clochards.

— Le problème avec Iris, c'est qu'elle a un programme chargé en ce moment. Elle est débordée. Elle a au moins deux femmes battues sur les bras.

— Vois si tu peux m'avoir un rendez-vous. Je la paierai. »

Agatha s'approcha de la fenêtre et regarda sans les voir les toits et les clochers de la City.

Puis elle pivota sur ses talons. « J'ai une idée. Nous allons voir ce que nous pouvons trouver nous-mêmes.

— Nous, Visage Pâle ? J'ai un job ici, moi, tu te souviens ? »

La porte s'ouvrit et Bunty, l'ancienne secrétaire d'Agatha, passa la tête par l'entrebâillement. « Oh, bonjour, Mrs R. Roy, Mr Wilson vous demande.

— Je t'attends », dit Agatha.

Roy sortit, rajustant sa cravate criarde en se demandant si elle n'était pas un peu voyante pour un jeune cadre dynamique.

Mr Wilson examina Roy quelques instants avant de déclarer : « Vous avez Raisin dans votre bureau.

— Elle est passée bavarder un peu.

— Celle-là, elle n'est pas du genre à "passer pour bavarder". Qu'est-ce qu'elle veut ? Vous tordre le cou parce que vous avez torpillé sa vie amoureuse ?

– Non. Elle veut que je l'aide. Elle est dingue. Elle veut qu'on se pointe chez les clochards pour en apprendre davantage sur la vie de son mari.

– Alors, allez-y.

– Hein ?

– J'ai dit "allez-y". Agatha Raisin est peut-être la femme la plus casse-couilles que j'aie jamais rencontrée, mais c'est la reine de la com sur la place de Londres, et je souhaite qu'elle fasse partie de la boîte. Je vous demande d'être très gentil avec elle. Je vous demande de la persuader que depuis qu'elle s'est retirée dans ce village, sa vie n'a été qu'une suite de meurtres et de stress. Glissez-lui qu'il y a pas mal de fric à se faire. Il faut qu'elle ait une dette envers vous.

– Mais j'ai un rendez-vous prévu avec Allied Soaps cet après-midi.

– Patterson peut vous remplacer. Allez, filez, et caressez-moi votre ex-patronne dans le sens du poil. »

Roy regagna son bureau avec des pieds de plomb. Allied Soaps était un compte important et Patterson serait ravi de mettre la main dessus. La vie n'était pas juste.

En ouvrant la porte de son bureau, il afficha un sourire résolu.

« Devine. J'ai une journée cool, alors on peut y aller. »

Agatha le regarda d'un œil soupçonneux.

« Qu'est-ce qu'il te voulait, Wilson ? Il n'essayait pas de me récupérer pour sa boîte ?

— Mais non, voyons. »

Roy savait que s'il disait à Agatha que c'était précisément pour cela qu'il lui apportait son aide, il pourrait tirer un trait sur son amitié.

« Alors on n'a qu'à mettre de vieilles fringues pour être crédibles, dit Agatha.

— Il faut qu'on se déguise ?

— Ne t'en fais pas. Je vais chercher ce qu'il nous faut. Rendez-vous ici dans une heure environ. »

Quelque temps après, devant l'agence Pedman's à Cheapside, deux individus à l'apparence miteuse essayaient d'arrêter un taxi. Agatha avait fait une descente dans une boutique Oxfam pour trouver les vêtements qu'ils portaient. Roy avait un jean qu'Agatha avait déchiré aux genoux, une chemise en jean aussi, et une vieille veste en tweed. Elle portait quant à elle une longue jupe à fleurs avec une blouse, deux gilets informes par-dessus, et à la main, plusieurs sacs en plastique. Ils empestaient l'alcool tous les deux, Agatha ayant généreusement arrosé leurs vêtements d'alcool à brûler. Elle avait également sali leurs deux visages.

« On oublie », dit Roy après avoir vu un troisième taxi vide passer devant eux sans s'arrêter. Agatha retourna à l'intérieur de l'agence et héla le planton de service.

« Qu'est-ce que c'est ? grommela-t-il.

– C'est moi, Agatha Raisin, dit-elle sèchement. Sortez me héler un taxi. »

L'homme en question, qui détestait Agatha, la regarda de haut, et un sourire apparut lentement sur son visage. Ainsi, cette vieille peau avait eu des revers. Qu'elle se le trouve elle-même, son taxi !

« Dégagez, dit-il. Les gens comme vous n'ont rien à faire ici. »

Agatha ouvrit la bouche pour riposter vertement, mais une voix calme se fit entendre derrière le planton : « Jock, appelez un taxi pour Mrs Raisin, et plus vite que ça. »

Mr Wilson contourna le planton : « Vous allez à une soirée costumée, Mrs Raisin ?

– Exactement », répondit Agatha.

Jock se précipita dans la rue, arrêta un taxi et, détournant le visage, tint la porte ouverte pour Agatha et Roy. Agatha lui mit quelque chose dans la main. Il toucha son chapeau. Le taxi s'éloigna. Jock ouvrit la main. Un penny ! Il le lança dans le caniveau et regagna l'intérieur du bâtiment à grands pas furieux.

« Tu n'as pas pris ton sac ? demanda Roy.

– Non, je l'ai laissé à ta secrétaire. Il est dans son bureau. Tu as laissé ton portefeuille, j'espère ?

– Oui, mais qui va payer le taxi ?

– Toi !

– Mais j'ai laissé tout mon fric au bureau !

– Moi aussi. J'ai environ une livre en monnaie, mais ça ne paiera pas la course jusqu'à Waterloo.

– Qu'est-ce qu'on va faire, gémit Roy. De toutes les combines débiles...

– Espérons juste que ce n'est pas un de ces taxis à verrouillage automatique des portes. »

Le chauffeur ralentit et s'arrêta à un feu.

« *Banzaï* ! » cria Agatha.

Elle ouvrit brusquement la portière et, Roy sur les talons, plongea dans la rue, poursuivie par les hurlements indignés du chauffeur.

« Tu cours encore comme un lapin », haleta Roy quand ils s'arrêtèrent enfin. Agatha se tenait le flanc.

« J'ai un point de côté, dit-elle. Il faut vraiment que je retrouve la forme. »

Ils se remirent en marche, tandis qu'une odeur d'alcool à brûler flottait autour d'eux. « Je crois qu'on devrait se mettre à mendier, dit Agatha en s'arrêtant au milieu de London Bridge.

– On ne fait pas assez pitié. Il nous faudrait un gamin ou un chien.

– Ben on n'en a pas. Tu sais chanter ?

– Personne n'entendrait rien avec une circulation pareille. Les mendiants qui récoltent du fric sont ou pitoyables ou menaçants.

– Compris. » Agatha barra la route à un homme d'affaires et tendit la main. « Donnez-moi de quoi bouffer, dit-elle. Sinon... »

– Sinon quoi ?

– Sinon, je vous donne un coup de bouteille.

– Filez, ou j'appelle la police, espèce de débris.

C'est à cause de parasites comme vous que ce pays décline. Vous êtes trop vieille pour travailler, mais faites-vous entretenir par votre fils. »

Roy eut un petit rire sarcastique.

L'homme d'affaires prit les passants à témoin. « Vous le croyez, ça ? Ils demandent de l'argent et ils vous menacent par-dessus le marché !

– Viens, Aggie, plaida Roy qui avait peur à présent qu'un attroupement se formait.

« Police ! cria une femme. Police ! »

Ils détalèrent et retraversèrent le pont à la course jusqu'à ce que la foule soit loin derrière eux.

« Toutes ces cavalcades pour rien, crétin ! grinça Agatha. On aurait dû retourner au bureau prendre de l'argent.

– On n'est plus très loin. Tant qu'à faire... »

Le soir tombait. Le bruit de la circulation de fin de journée bourdonnait à leurs oreilles. Agatha pensa à James et se demanda ce qu'il faisait.

James se sentait coupable. Il avait invité Helen Warwick à déjeuner, puis était retourné chez elle prendre le café à l'initiative de celle-ci. Sa journée était libre, avait-elle expliqué. La vie était calme quand le Parlement ne siégeait pas.

Peut-être parce qu'elle n'avait rien de plus à dire que lorsqu'il était venu avec Agatha, peut-être parce qu'elle était loin de paraître aussi charmante que lors de cette première rencontre, James se rendit compte que sa visite avait été plus motivée par un désir de ne pas laisser Agatha dominer sa vie que par un intérêt véritable pour Helen. Elle était très habile pour soutirer des informations, et ce qui semblait l'intéresser le plus, c'était le compte en banque de James. Aucune de ses questions n'était directe ou vulgaire. Elle parlait titres et actions, lui demandait s'il avait souffert des désastres subis par la Lloyd's ou la banque Barings, etc. Quant aux amis qu'ils étaient censés avoir en commun, James commença à soupçonner que c'étaient plutôt des connaissances, rencontrées au cours de soirées ou au travail.

« Vous permettez que je donne un coup de téléphone ? dit-il enfin. Et ensuite, il faudra vraiment que je m'en aille.

– Je vous en prie. »

Il téléphona chez lui et laissa sonner longtemps.

« Pas de réponse, dit-il avec un sourire triste.

– Vous essayiez de joindre Mrs Raisin ?

– Oui.

– Oh, elle est à Londres.

– Comment le savez-vous ?

– Je l'ai vue qui passait en voiture quand nous sommes sortis pour déjeuner.

– Et vous ne m'avez rien dit ?

– Je voulais le faire, mais vous étiez en train de parler, et après, j'ai oublié. »

James se sentit coupable comme un mari pris en flagrant délit d'adultère. Puis il en voulut à Agatha car il était sûr qu'elle était venue à Londres dans le seul but de l'espionner.

– Il faut que je parte. Merci pour le café.

– Vous ne pouvez vraiment pas rester ? Je n'ai rien de prévu ce soir.

– Mais moi, si. »

Elle se leva et s'approcha de lui. Il recula et sentit que ses jambes étaient coincées par le canapé. Elle leva les bras et les passa autour de son cou, avec un sourire lent et aguicheur. James l'évita, monta sur le canapé, passa par-dessus et gagna la porte, le tout en trois mouvements de ses longues jambes.

« Au revoir », dit-il, puis il ouvrit la porte et dévala l'escalier.

« Imbécile, à ton âge ! » dit-il tout haut. Mais il s'adressait à lui-même, et non à Agatha Raisin.

Agatha avait eu le réflexe d'acheter deux bouteilles de vin doux bas de gamme, de l'Irish Blossom, des bouteilles à capsules vissées, qui s'ouvrent sans tire-bouchon. Roy et elle trouvèrent un groupe de clochards non loin de l'endroit où Jimmy Raisin avait élu domicile. C'était un groupe mixte, où il y avait cependant plus d'alcoolos que de toxicos, ces derniers étant plus jeunes et préférant des lieux plus confortables. Les races celtes prédominaient, Irlandais et Écossais en majorité. Agatha se demanda du coup si ce qu'elle avait entendu dire était vrai, à savoir que l'alcoolisme augmentait à mesure qu'on montait vers le nord.

Personne ne leur adressa la parole jusqu'à ce qu'Agatha plonge la main dans un de ses sacs et en sorte une bouteille.

Les autres les entourèrent. Roy fit passer la bouteille, qui fut vidée en moins de deux. Un vieil homme s'approcha, avec deux bouteilles de cidre qu'il proposa de partager. D'une voix cultivée, il raconta à tout le monde qu'autrefois il était prof de fac. La conversation devint générale et Agatha et Roy découvrirent qu'ils étaient entourés de pilotes d'avion, de footballeurs célèbres, de neurochirurgiens et de magnats en tout genre. « Ça me rappelle ces gens qui croient avoir eu une vie antérieure, murmura Agatha. Ils ont toujours été Napoléon, Cléopâtre ou quelqu'un du même acabit.

– Ils croient à ce qu'ils disent, souffla Roy. Ils ont raconté les mêmes bobards si souvent que maintenant, ils sont persuadés que c'est la vérité. »

Agatha éleva la voix : « On avait un copain qui vivait dans le secteur, dit-elle. Jimmy Raisin. »

L'homme à la voix cultivée, un certain Charles, répondit : « Il paraît qu'il s'est fait assassiner. Bon débarras. C'était une sale petite frappe. »

Le bouche à oreille devait leur avoir appris le meurtre, pensa Agatha. Peu d'entre eux devaient lire le journal.

« Qu'est-ce que ses affaires sont devenues ? demanda Roy.

– Les flics les ont prises, dit une femme maigre au visage avide et aux yeux luisants évoquant une caricature de Hogarth. Z'ont pris sa boîte et tout. Mais Lizzie a récupéré ses trucs.

– Quels trucs ? » demanda Roy.

La question avait jailli.

« Non mais, vous êtes qui, d'abord ? » demanda Charles.

Agatha jeta à Roy un regard noir. « Je vais vous dire qui je suis, annonça-t-il d'une voix un peu pâteuse. Je suis trader à la City. Je viens ici le soir après le travail, pour la compagnie. »

L'atmosphère se détendit soudain tandis que les pilotes, neurochirurgiens et autres magnats en tout genre reconnaissaient ce qu'ils croyaient être l'un des leurs. « Et je vais vous dire autre chose. » Roy plongea la main dans la grande poche intérieure de sa veste Oxfam : « J'ai pris cette bouteille de scotch dans mon bureau avant de venir. »

Ce qui était la stricte vérité, mais du fond des méandres confus de leurs cerveaux, ils l'acceptèrent comme un confrère, un menteur comme eux. Le scotch fut passé à la ronde. Comme tous, à l'exception de Roy et Agatha, récupéraient à peine de leur dernière cuite, ils furent ivres en moins de deux.

Agatha apprit que la femme au visage avide s'appelait Clara et elle alla se mettre près d'elle. « Je vais te dire un secret », lui chuchota-t-elle.

Clara posa sur elle ses yeux brillants et légère-

ment flous. « J'étais la femme de Jimmy, dit Agatha.
— Tu déconnes !
— Non, c'est vrai. Alors le sac qu'elle a pris, cette Lizzie, il m'appartient. Elle est où ?
— Elle va venir. »

Agatha et Roy se préparèrent donc à attendre. D'autres clochards arrivèrent. De l'alcool bon marché circula. Quelqu'un fit du feu dans un vieux baril de pétrole. Clara se mit à chanter d'une voix avinée.

Il y avait quelque chose de presque séduisant dans ce style de vie, se dit Agatha, pourvu qu'il ne fasse pas trop froid. Au diable la réalité, adieu travail, famille, responsabilités, on mendie le jour et on se bourre la gueule le soir. On largue les amarres des conventions, plus besoin de gagner ni de dépenser, plus de soucis.

« Ch'ai pas touchours vécu comme ça, déclara Charles, la voix pâteuse. Ch'étais prof à Okchfod. »

C'était peut-être vrai, se dit Agatha, soudain touchée par la pitié. Quoi qu'ait pu être Charles autrefois, il avait assurément une vie plus reluisante que celle qu'il menait aujourd'hui, sous les arches du pont de Waterloo, à essayer de s'y retrouver dans les ruines de son cerveau.

La soirée avançait. Des bagarres éclataient. Des femmes pleuraient, de longs gémissements de détresse et de nostalgie pour des hommes et des enfants perdus. Finalement, ce n'est pas une vie enviable du tout, songea Agatha, mais un avant-goût de l'Enfer. Il y eut un soudain sursaut d'agitation à l'arrivée d'une bénévole, une Silver Lady[1] dans sa camionnette avec des sandwichs et du café chaud. Certains SDF essayèrent de troquer leurs sandwichs contre une rasade d'alcool.

Petit à petit, comme des animaux, ils regagnèrent leurs boîtes respectives. Mais la fameuse Lizzie n'était toujours pas arrivée.

L'aube se leva sur la ville et sa crasse. Un merle vint se percher sur le toit d'une maison et égrena un chant mélodieux qui soulignait encore la dégradation, la misère de toutes les vies gâchées dans leurs abris de fortune.

Agatha se remit péniblement debout. « J'ai eu ma dose, Roy. Demande à ta nana détective de retrouver Lizzie et double ses honoraires. Moi, je rentre.

— On n'a même pas de quoi se payer le métro à nous deux ? » demanda Roy.

Agatha fouilla ses poches et trouva finalement une livre.

« C'est pour mon ticket, dit-elle fermement.

— Tu ne peux pas me larguer comme ça, ma chérie. Si tu veux rentrer au bureau et récupérer

---

1. Benévole d'une association caritative fondée dans les années 1880 par un pasteur et sa femme pour venir en aide aux pauvres de l'East End, et élargie plus tard aux pauvres et sans-abri de la capitale.

ton sac et tes clés de voiture, c'est moi qui ai les clés.

— Donne-les-moi.

— Non.

— Tu veux dire que tu comptes me faire marcher jusque là-bas ?

— Oui. »

Sans échanger un mot, raides, endoloris et épuisés après leur longue nuit, l'estomac barbouillé par tous les affreux mélanges qu'ils avaient ingurgités, ils prirent la direction de la gare.

Un homme élégant en smoking s'approcha d'eux avec une expression de pitié mêlée de dégoût. Il chercha dans sa poche et en sortit un billet de dix livres. « Pour l'amour du ciel, dit-il à Roy, offrez à votre mère un petit déjeuner correct et ne dépensez pas ce billet en alcool.

— Oh, merci, merci ! » dit Roy en saisissant le billet.

« Taxi ! » hurla-t-il et, ô miracle, un taxi s'arrêta. Roy poussa Agatha à l'intérieur, cria « Cheapside » et la voiture fila.

L'homme en smoking les regarda s'éloigner, écœuré. « C'est la dernière fois que je donne un sou à une engeance pareille », se dit-il.

James non plus n'avait pas fermé l'œil de la nuit. Au début, il avait cru qu'Agatha avait découché pour se venger, puis il avait commencé à craindre qu'il ne lui soit arrivé quelque chose. Finalement, il s'était installé dans un fauteuil à côté de la fenêtre, se relevant d'un bond chaque fois qu'il entendait un bruit de voiture, mais il n'y eut que le laitier, puis Mrs Hardy qui partait de très bonne heure.

Les paupières de James se firent de plus en plus lourdes. Pourquoi n'avait-elle même pas téléphoné ?

Il s'endormit enfin et rêva qu'il épousait Helen Warwick. Il savait seulement qu'il n'en avait pas envie, mais que d'une manière ou d'une autre, elle lui avait fait un chantage pour l'y contraindre. Il était debout devant l'autel, espérant qu'Agatha Raisin viendrait le sauver quand le bruit d'une clé dans la serrure lui fit ouvrir brusquement les yeux.

Il se leva d'un bond en criant : « Agatha, mais où étais-tu passée, bon sang ? »

Agatha n'avait pas pris la peine de se changer et était toujours en tenue de clocharde. James regarda l'épave qui se tenait devant lui, les yeux cernés de noir, dégageant une odeur épouvantable de vinasse rance mêlée à l'alcool dont elle avait aspergé ses vêtements au début de cette mascarade.

« Oh, Agatha ! » s'exclama-t-il. Et en la voyant, sa colère céda le pas à la pitié. « Je pensais vraiment qu'Helen Warwick avait d'autres informations à donner, des infos utiles. Mais si j'avais su que ça te mettrait dans un tel état... »

Agatha s'assit, très lasse. « La vanité masculine ne cessera jamais de me sidérer. Je ne suis pas allée picoler parce que j'avais le cœur brisé, mon cher James. Roy et moi nous sommes déguisés et sommes allés à Waterloo voir les campements de cartons d'emballage et nous y avons passé la nuit. Nous avons fait une découverte intéressante : Jimmy avait un sac d'affaires qu'une dénommée Lizzie a pris. Nous allons demander à la détective de Roy d'essayer de la retrouver. Maintenant, je n'ai qu'une envie : dormir. J'ai failli quitter la route au volant de ma voiture en rentrant. Ça s'est bien passé, ta visite à Helen ?

— Non, dit James d'une voix brève. Grosse erreur. Croqueuse de diamants. »

Agatha esquissa un petit sourire et se dirigea vers l'escalier.

« Et brûle-moi ces habits ! » cria James derrière elle.

8

Brusquement, Agatha eut l'impression qu'après cette aventure, tout se calmait. Mrs Hardy demanda un délai d'une semaine. Elle avait trouvé à se loger à Londres, mais avait besoin de ces quelques jours pour que l'appartement en question soit disponible. *The Bugle* apprit finalement qu'on avait tenté de tirer sur Agatha et publia une partie de l'interview originale qu'elle leur avait accordée. Au début, on espéra qu'un témoin ayant des renseignements sur Mrs Gore-Appleton se présenterait, mais personne ne semblait disposer de la moindre information intéressante. En fait, plusieurs personnes avaient contacté la police, d'anciens bénévoles ayant travaillé pour son association. Mais leurs descriptions n'ajoutèrent pas grand-chose à ce que la police savait déjà. Bill Wong pensait pour sa part que Mrs Gore-Appleton devait être hors d'atteinte, confortablement installée dans un pays étranger.

Il passa voir James et Agatha un soir et leur

annonça tristement qu'il commençait à craindre qu'on ne mette jamais la main sur elle.

« Que racontait Fred Griggs ? Il ne disait pas que le meurtre de miss Purvey n'avait aucun rapport avec l'affaire ?

— Il y a eu deux ou trois agressions au couteau dans ce cinéma, et on a arrêté le responsable, un dingue. Il dit qu'il a étranglé Purvey.

— Et vous le croyez ?

— Moi, non, mais tout le monde semble tenir à avoir un coupable pour l'un des assassinats. Et vous deux, vous avez du nouveau ? »

James regarda Agatha. Agatha regarda James. Elle était encore meurtrie par l'épisode Maddie et ignorait qu'elle ne travaillait plus sur l'affaire. Si elle disait à Bill que la détective de Roy cherchait la mystérieuse Lizzie, la police prendrait le relais. Maddie pourrait en bénéficier et Agatha sentait qu'elle ne le supporterait pas.

« Non, rien, répondit-elle. J'emménage de nouveau à côté.

— Quand ?

— Dans moins de trois semaines à dater d'aujourd'hui. Cela se serait fait plus tôt si Mrs Hardy n'avait pas supplié que je lui laisse un délai supplémentaire. Elle a trouvé quelque chose à Londres.

— Cet article de journal n'a donc poussé personne à se faire connaître et à donner des informations sur Mrs Gore-Appleton ? demanda James.

— Si, bien sûr. Pour la plupart, des dames riches

à la retraite qui ont travaillé pour elle comme bénévoles. Certaines d'entre elles avaient fait des versements non négligeables à son œuvre, mais d'autres se sont abstenues de sortir leur portefeuille en voyant que Mrs Gore-Appleton ne faisait que le strict minimum, ne rendant visite que de temps en temps aux SDF de Londres pour distribuer des vêtements et de la nourriture. Son signalement est plus ou moins le même que celui que nous avions déjà : une femme revêche, musclée, blonde et d'un certain âge.

– Elle n'avait aucun ami parmi ces témoins ?

– Non, elles ne la voyaient que pendant les heures de bureau. Elles se souviennent toutes de Jimmy Raisin. D'après elles, Mrs Gore-Appleton était très fière de Jimmy ; elle disait que tout cela prouvait ce que peuvent faire un peu de gentillesse et un minimum de soins. Deux de ces dames étaient persuadées que Jimmy Raisin et Mrs Gore-Appleton étaient amants.

– Ma foi, on ne peut accuser Jimmy de l'avoir pervertie, parce que lorsqu'ils se sont rencontrés, elle dirigeait une association bidon. Comment a-t-elle pu s'en tirer sans être inquiétée ? Elle a bien dû s'enregistrer auprès de la commission des associations de bienfaisance ?

– Elle ne l'a jamais fait. Elle s'est contentée de visser sa plaque, s'est abstenue de mettre des annonces pour demander des bénévoles et a sollicité quelques paroisses. Une escroquerie réussie, en un sens. Une dame lui a donné quinze mille livres, et c'est la seule à avoir dit la somme qu'elle a versée, alors Dieu sait ce qu'elle a soutiré aux autres. »

Agatha pensa à ces rebuts de l'humanité avec lesquels elle avait passé la nuit sous les ponts, tous ces enfants perdus de Dieu, et elle sentit monter en elle une grosse bouffée de colère : la douce Mrs Gore-Appleton avait trouvé le moyen de voler les pauvres en douceur.

« Je ne supporte pas l'idée qu'elle s'en tire à si bon compte. Pour l'instant, les gens du village ont renoncé à nous faire porter le chapeau, à James ou à moi, mais l'autre jour, j'ai rencontré cette horrible Mrs Boggle à l'épicerie-bureau de poste et elle m'a regardée de travers en marmonnant "qu'on ferait bien de se demander à qui que le crime profite". Si l'affaire n'est pas bientôt élucidée, qui sait si les gens ne vont pas recommencer à nous soupçonner comme elle.

– Je vous tiendrai au courant de tout ce que j'apprends, dit Bill.

– Comment ça va ? demanda Agatha. Je veux dire, sur le plan personnel ?

– Maddie ? Oh, c'est fini. Ma mère est contente, et papa aussi. Je croyais qu'ils seraient déçus parce qu'ils espèrent tous les deux me voir marié. »

Agatha se dit *in petto* que Mr et Mrs Wong feraient tout ce qui était en leur pouvoir pour éloigner de leur cher fils n'importe quelle créature femelle s'intéressant à lui, mais elle s'abstint de tout commentaire, ce qui prouvait qu'elle avait légèrement changé – en mieux. L'ancienne Agatha avait été totalement sourde et aveugle aux sentiments des autres.

Mais elle vit le chagrin dans le regard de Bill et sentit flamber en elle sa haine pour Maddie.

« Et vous deux, où en êtes-vous ? » demanda Bill.

Il y eut un silence gêné. Agatha répondit avec un enjouement de commande : « Tout va bientôt redevenir normal, moi dans mon petit cottage, James dans le sien. On pourra se faire coucou par-dessus la clôture.

– Oh, ma foi, je suis sûr que vous mettrez de l'ordre dans tout ça, dit Bill. Je suis content de voir que vous avez renoncé à essayer de résoudre des affaires de meurtre, Agatha. Non que vous n'ayez pas été utile dans le passé, mais c'était surtout parce qu'à force de bourdes et de maladresses, vous faisiez bouger les choses. »

Outrée, Agatha le regarda.

« Vous savez que ma sympathie n'est pas éternelle.

– Pardon ! Je plaisantais. Mais vous avez déjà failli vous faire tuer. Ne recommencez pas. » Il eut un sourire affectueux. « Je ne supporterais pas de vous perdre. »

– Il y a des moments où j'aimerais que vous ayez quelques années de plus, Bill ! dit Agatha, brusquement radoucie.

– Et moi aussi, Agatha, dit-il en lui rendant son sourire.

– Un peu de café, Bill ? proposa James d'un ton sec.

– Pardon ? Oh, non, il faut que j'y aille. »

Agatha le suivit jusqu'à la porte. « Ne restez pas trop longtemps sans venir me voir. Quand je serai réinstallée dans mon cottage, venez dîner un soir.

– Entendu. Et pas de repas au micro-ondes, hein ? »

Il l'embrassa sur la joue et partit en sifflotant.

« Aïe, aïe, aïe ! s'exclama Agatha en retournant dans le salon où James, boudeur, donnait des coups de pied au tapis devant la cheminée. Je viens de me rappeler qu'on reçoit la Société des dames d'Ancombe. Il faut que je me dépêche d'aller à la salle des fêtes. J'ai une idée : je vais demander à Mrs Hardy si elle veut venir.

– Fais ce que tu veux », marmonna James.

Agatha le regarda, surprise.

« Qu'est-ce qui te prend ?

– Je n'ai rien écrit », dit-il, et il alla s'asseoir à son ordinateur qu'il alluma.

Agatha haussa les épaules et monta. L'amour allait et venait parfois par accès, comme la grippe, mais elle était pour l'instant libre de toute infection et espérait le rester de façon permanente.

Elle redescendit en sifflotant le petit air qu'elle avait entendu Bill siffler en partant. James dardait sur l'écran de son ordinateur un regard mauvais.

« Je m'en vais », lança joyeusement Agatha.
Pas de réponse.
« C'était gentil de la part de Bill de venir, dit-elle en riant. Je me demande parfois ce qu'il me trouve.
– Il espère sans doute bronzer à la lumière de ton cul qui brille dans le ciel à midi », rétorqua James d'une voix acide.
Agatha le regarda fixement, bouche bée. James devint tout rouge.
« Tu es jaloux, articula-t-elle lentement.
– Ne sois pas ridicule. Penser à toi avec un homme aussi jeune que Bill Wong, ça me dégoûte !
– Oui, mais ça t'intrigue, lança Agatha. À plus tard. »
Et elle s'en alla en éprouvant une petite satisfaction inédite à se trouver en position de force.
Mrs Hardy était chez elle, et après s'être fait prier, elle finit par accepter d'accompagner Agatha à la salle des fêtes.
« Quel est le programme ? demanda-t-elle.
– Je ne sais pas exactement. D'habitude, je suis très au fait des événements, mais avec toutes ces alarmes et ces déplacements, je ne suis pas du tout dans le coup cette fois. En tout cas, vous vous amuserez. »
Cependant, elle déchanta en entrant dans la salle et en apprenant de la bouche de Mrs Bloxby que la Société des dames de Carsely donnait un concert.
« Ce n'est pas possible ! siffla Agatha. Je croyais

que personne ne savait jouer d'un instrument quelconque.

— Je pense que vous allez être surprise », dit Mrs Bloxby d'un ton uni et elle s'éloigna pour aider une Mrs Boggle grincheuse à se délester de quelques couches de vêtements.

On donna à Mrs Hardy et à Agatha un programme imprimé.

La première interprète devait être miss Simms, la secrétaire de la société, qui allait chanter « *You'll Never Walk Alone* ». Mais le numéro qui ouvrait la représentation était un charleston dansé par toutes les dames du village alignées et habillées en tenues des années vingt. Agatha n'en crut pas ses yeux. Où l'imposante Mrs Mason s'était-elle donc procuré cette robe brodée de perles ? Elle se souvenait que ladite Mrs Mason avait menacé de quitter le village lorsque sa nièce avait été convaincue de meurtre, mais elle avait finalement renoncé à partir et personne n'avait plus jamais fait la moindre allusion. Ces dames s'acquittèrent très honorablement de leur tâche, en dehors de quelques bousculades provoquées par l'exiguïté de la scène...

Puis miss Simms s'avança et ajusta le micro. Elle portait toujours la tenue plutôt dénudée de garçonne qu'elle avait revêtue pour le numéro précédent. Elle ouvrit la bouche. Elle avait un petit filet de voix qui devenait strident dans les aigus et se tarissait dans les notes graves. Agatha ne s'était jamais aperçue jusque-là de la longueur de cette chanson. Qui se termina enfin, à son grand soulagement. Fred Griggs apparut alors sur la scène devant une table couverte d'anneaux et d'écharpes. Fred s'était vu en prestidigitateur. Il rata tant de numéros que le public bienveillant fit comme s'il se trompait exprès et rit pour montrer qu'il appréciait le spectacle. La seule personne à ne pas se joindre à l'hilarité générale fut Fred, qui paniquait de plus en plus. Enfin, une boîte grande comme une armoire fut roulée sur la scène et il demanda nerveusement une volontaire pour le tour suivant, qui consistait à faire disparaître une dame.

Mrs Hardy remonta aussitôt l'allée centrale et grimpa sur la scène.

Fred lui chuchota quelques mots, elle s'installa dans la boîte dont il referma le couvercle.

« Mesdames, messieurs, dit Fred, je vais maintenant faire disparaître cette dame. »

Il agita sa baguette tandis que deux écoliers faisaient tourner la boîte plusieurs fois.

Puis, avec un grand geste du bras, Fred ouvrit la boîte. Mrs Hardy avait disparu.

Applaudissements chaleureux.

Un grand sourire soulagé fendit le visage de Fred, qui fit un signe aux deux écoliers. Ceux-ci firent à nouveau tourner la boîte.

« Viola ! » s'écria Fred, voulant dire « voilà », car il croyait que le français était la langue de la magie. Il ouvrit la boîte. Son visage s'allongea et il claqua de nouveau le couvercle. Puis il glissa quelques mots aux deux enfants. On tourna encore la boîte.

Fred cria encore : « Viola ! » et souleva le couvercle.

Toujours pas de Mrs Hardy.

Ça doit faire partie du numéro, se dit le public pendant que Fred, suant et soufflant, commençait à fouiller la boîte.

« T'as pas été fichu de remettre la main sur mon chat, glapit Mrs Boggle, alors pas étonnant que t'arrives pas à trouver cette bonne femme. Tu sais même pas retrouver ta caboche les bons jours, Fred ! »

Fred lui jeta un regard noir. Puis il salua. Les écoliers se précipitèrent pour enlever son matériel et un habitant du village, un certain Albert Grange, lui succéda pour jouer des cuillères.

Agatha quitta discrètement son siège et se hâta de sortir de la salle des fêtes pour regagner Lilac Lane. Elle commençait à se demander s'il n'était pas arrivé malheur à Mrs Hardy.

Puis, quand elle tourna dans sa ruelle, elle vit devant elle la silhouette trapue de sa voisine et la héla.

« Mrs Hardy ! »

L'autre se retourna.

« Mais enfin, qu'est-ce qui s'est passé ? demanda Agatha en la rejoignant.

— C'était tellement nul et barbant que je suis sortie par l'arrière de la boîte et puis j'ai filé par le fond de la salle, dit Mrs Hardy avec un sourire en coin.

— Mais ce pauvre Fred ! protesta Agatha.

— Et alors ? Après s'être emmêlé les pinceaux comme il l'a fait, il n'en était pas à un ratage près ! »

Agatha lui jeta un regard perplexe. « Ça me paraît un peu cruel.

— Je ne vous comprends pas, rétorqua Mrs Hardy. Je sais qu'avant de venir vous enterrer ici, vous dirigiez une boîte qui marchait bien. Et vous perdez votre temps à assister à un truc aussi consternant. Je me demande comment vous pouvez supporter ça. Je n'ai jamais vu une bande de ploucs aussi minables de ma vie.

— Mais ils ne sont pas minables ! Ce sont des gens très gentils et chaleureux.

— Lesquels ? Des gens comme cette vieille mère Boggle qui pue ? Ces malheureuses bonnes femmes du village qui se tortillent pour danser le charleston ? Ouvrez les yeux, enfin ! »

Ceux d'Agatha s'étrécirent. « Je commençais à vous trouver sympathique. Mais vous ne l'êtes pas. Je suis contente que vous quittiez Carsely. Vous n'êtes pas à votre place ici.

— C'est vrai que pour être à sa place ici, il faut avoir de la gélatine à la place du cerveau.

— Il y a des gens brillants dans les Cotswolds ! Des écrivains.

— Des bonnes femmes ménopausées qui se délectent à regarder des sagas débiles où ça polissonne au presbytère ? Des octogénaires branlantes qui vous font des compositions de fleurs séchées et de mauvaises aquarelles avec des airs de prout-ma-chère ?

— Mrs Bloxby est un bon exemple de tout ce qu'il y a de positif dans la vie de village.

— La femme du pasteur ? Cette pauvre créature qui existe à travers les autres parce qu'elle n'a pas de vie à elle ? Allez, on ne va pas se disputer. Ça vous plaît. À moi, non. À plus tard. »

Agatha regagna à pas lents la salle des fêtes. Une femme qu'elle ne connaissait que vaguement était au micro et chantait « *Feelings* ». Mr et Mrs Boggle s'étaient endormis.

Agatha s'assit et regarda autour d'elle. Les paroles de Mrs Hardy répandaient leur venin dans son cerveau. La salle des fêtes paraissait miteuse et lamentable. La pluie qui s'était mise à tomber brouillait la vue des hautes fenêtres. Il y avait sûrement plus à attendre de la vie que cela. Peut-être sa solitude l'avait-elle poussée à chausser des lunettes roses pour regarder le village et l'enjoliver. Et sa non-relation avec James ? Une femme dotée d'un tant soit peu de maturité, de courage et de cran aurait laissé tomber, jugeant que le jeu n'en valait pas la chandelle. Et qu'aurait été une vie conjugale avec lui ? Il était beau et intelligent, mais tellement réservé, tellement froid que même le mariage n'aurait pas changé grand-chose à leurs rapports.

Et le sexe ? Ça ne lui manquait donc pas, à lui ? Il ne pensait donc jamais aux nuits qu'ils avaient passées ensemble ?

Agatha avait le sentiment qu'il préférait retourner à une vie de célibat, un célibat entrecoupé de quelques liaisons.

Elle n'avait jamais vraiment donné sa chance à Londres. Certes, elle y avait été sans amis, mais c'était dû à la façon dont elle avait organisé sa vie. Elle avait changé. Elle avait très judicieusement investi la somme qu'elle avait tirée de la vente de son affaire. Si elle retournait à Londres, elle ne serait pas obligée de travailler.

Le concert touchait heureusement à sa fin, et tous les participants vinrent sur la scène chanter « *That's Entertainment*[1] ».

Il y eut ensuite un brouhaha général de chaises tirées et de tables poussées pour le déjeuner en l'honneur des Dames d'Ancombe. Agatha frissonna. Il faisait froid dans la salle. Au menu du déjeuner, l'inévitable quiche-salade. Il n'y avait même pas de vin maison pour la faire descendre, contrairement à l'habitude en pareille circonstance, seulement un thé au goût de poussière.

La conversation était décousue. Agatha promena son regard autour d'elle. Qu'ai-je fait ? se

---

1. Titre d'une chanson d'une comédie musicale de Vincente Minnelli avec Fred Astaire et Cyd Charisse, *Tous en scène* (1953).

demandait-elle. Comment ai-je jamais pu croire que je m'intégrerais ici ? Je reste étrangère. Je ne suis pas née dans un village, mais dans un taudis de Birmingham où les arbres et les fleurs étaient des choses qu'on arrachait dès qu'elles osaient pointer le bout de leur nez. L'anonymat de Londres avait finalement du bon. Peut-être Bill Wong viendrait-il me rendre visite de temps en temps. Et Mrs Bloxby aussi, peut-être. Quant à James... ma foi, elle, Agatha Raisin, pouvait attendre mieux que James Lacey. Elle voulait un homme avec du sang dans les veines, un homme capable de chaleur et d'affection, et ne reculant pas devant l'intimité.

« Un coup de cafard ? »

La voisine de table d'Agatha était partie et Mrs Bloxby s'était glissée à sa place.

« Je reste une étrangère ici, dit Agatha en agitant la main vers la salle. Et pour vous dire le fond de ma pensée, je mérite mieux que James. Je veux quelqu'un avec lequel je puisse partager une intimité. Je ne parle pas de sexe, mais de chaleur et d'affection. »

Mrs Bloxby la regarda d'un air sceptique. « Je m'étais dit que l'attrait principal de James Lacey pour vous, c'est peut-être qu'il est totalement dépourvu de tout ça. Moyennant quoi, la relation ne vous engage pas vraiment l'un et l'autre. Ces derniers temps, je me suis mise à penser que vous ressembliez plus à deux célibataires vivant ensemble qu'à un vrai couple. Et je me demande comment vous réagiriez face à un homme qui vous réclamerait de l'amour, de l'affection et une intimité réelle, Mrs Raisin.

— Agatha.

— Oui, bien sûr, Agatha.

— Je serais au septième ciel.

— Pourquoi ce soudain dégoût de Carsely ? Et de tous ceux qui naviguent à son bord ? »

Agatha se mordit la lèvre. Elle était trop fière pour admettre qu'elle s'était laissé influencer par Mrs Hardy.

« Ces idées viennent juste de me traverser l'esprit », dit-elle.

La femme du pasteur étudia quelques instants son profil, puis reprit : « Je vous ai vue quitter la salle peu après la disparition de Mrs Hardy. Vous l'avez retrouvée ?

— Oui. Elle rentrait chez elle.

— A-t-elle dit la raison pour laquelle elle a ainsi ridiculisé Fred Griggs ? »

Agatha n'avait pas envie de répéter les remarques de Mrs Hardy sur le village et ses habitants.

« Je crois qu'elle a trouvé que Fred s'était déjà assez ridiculisé et, comme elle voulait partir, elle a sauté sur l'occasion.

— Ah, dit Mrs Bloxby. Alors peut-être ma première impression d'elle était-elle la bonne.

— À savoir ?

— Que c'était une femme malheureuse et méchante.

— Oh, non, je crois qu'elle est un peu comme moi, habituée à une vie plus trépidante.

— C'est ce qu'elle a essayé de vous faire croire ?

— Je ne me laisse pas influencer par ce qu'on me dit, rétorqua Agatha d'un ton de défi.

— Et pourtant jusqu'à présent, vous ne sembliez pas vous déplaire avec nous autres ploucs.

— Ma foi, ma réaction tient peut-être au froid qu'il fait dans cette salle, et au temps... Et puis ce concert était vraiment nul, dit Agatha.

— Épouvantable ! Mais celui des Dames d'Ancombe était éprouvant lui aussi.

— Pourquoi s'infliger des choses pareilles ?

— Tout le monde aime monter sur une scène. Il y a un peu de l'acteur raté chez chacun d'entre nous. Dans ces fêtes de village, chacun, même le plus mauvais, a l'occasion de jouer. Les gens applaudissent, ils sont indulgents parce qu'ils veulent eux aussi leur heure sous les projecteurs. »

Les vieux radiateurs à vapeur commencèrent à ferrailler.

« Eh bien, voilà le chauffage qui se met en route, dit Mrs Bloxby. Et regardez, les Dames d'Ancombe ont apporté une caisse d'eau-de-vie de pommes, alors on pourra toutes prendre un verre pendant les discours. L'ambiance ne va pas tarder à être plus festive. »

L'action combinée de la chaleur et de l'eau-de-vie fit des merveilles, et Agatha commença à se détendre. Au lieu de rester à l'extérieur et de regarder les choses de loin, elle commença à se sentir partie prenante. La présidente de la Société des dames de Carsely émailla son discours de plusieurs plaisanteries qui déclenchèrent l'hilarité générale.

Que Londres et Mrs Hardy aillent se faire voir, pensa Agatha. Moi, je suis bien ici.

Ce soir-là, James et Agatha allèrent dîner dehors. James semblait avoir retrouvé sa bonne humeur et voulait parler de « notre affaire de meurtre ». Agatha était trop contente de se sentir de nouveau chez elle à la campagne pour désirer un sujet de conversation plus personnel, mais James lui demanda d'entrée de jeu de rassembler tous ses souvenirs concernant son défunt mari. « Comment l'as-tu rencontré, par exemple ? »

Agatha avait complètement oublié que, par snobisme, elle avait caché à James ses origines modestes et avait toujours laissé entendre – sans le dire explicitement – qu'elle venait d'un milieu bourgeois et avait fait son éducation dans un collège privé.

« Comment j'ai rencontré Jimmy ? » Elle soupira, posa ses couverts et fit un long retour en arrière.

« Voyons voir. Je venais de m'enfuir de chez moi.

– Chez toi étant à Birmingham ?

– Oui, l'un de ces immeubles qu'on appelle maintenant des logements sociaux, mais qui était en réalité un taudis. »

Elle était si concentrée sur ses souvenirs qu'elle ne vit pas la lueur de surprise dans le regard bleu de James.

« Mes parents ne dessoûlaient jamais. Ils n'ont jamais voulu me laisser aller à l'école après mes quinze ans, malgré les profs qui les suppliaient de me laisser continuer mes études. Ils m'ont trouvé une place dans une usine de biscuits. Oh là là, ce que les ouvrières m'ont semblé vulgaires et brutales ! J'étais une petite mauviette sensible à l'époque.

J'ai économisé tant que j'ai pu et je suis partie à Londres un soir où mes parents étaient bourrés tous les deux. J'étais décidée à devenir secrétaire. Celles que j'avais vues dans les bureaux de l'usine me paraissaient des créatures de rêve comparées aux femmes avec lesquelles je travaillais à l'étage des ateliers. Alors je me suis trouvé un travail de serveuse et je me suis inscrite à des cours du soir dans une école de secrétariat pour apprendre la sténo et la dactylo. Je travaillais sept jours sur sept, parce que j'avais beaucoup d'ambition. Je ne crois pas avoir jamais eu mal aux pieds. Ce n'était pas un de ces restaurant chics, où le service était uniquement assuré par des hommes à l'époque. Non, le mien, c'était un de ces endroits dans le genre de Lyons Corner House. On y mangeait correctement, mais ce n'était pas de la cuisine française, si tu vois ce que je veux dire. »

Son regard devint rêveur. « Jimmy est venu un

soir, avec une pouffe blonde, un peu plus vieille que lui. Ils se disputaient, semblait-il. Et puis il s'est mis à me faire du gringue, ce qui a rendu la blonde encore plus furieuse. J'ai cru qu'il faisait ça non pas parce que je lui plaisais, mais juste pour faire enrager sa petite amie et se venger.

N'empêche que ce soir-là, quand je suis sortie par la porte de service après avoir fini ma journée, je l'ai trouvé qui m'attendait. Il m'a dit qu'il me raccompagnerait chez moi à pied. Je travaillais non seulement la journée, mais aussi le soir pendant les vacances d'été, parce que les cours de secrétariat s'étaient arrêtés. Jimmy était très… marrant. Très insouciant. Jamais je n'avais rencontré quelqu'un comme lui.

Quand nous sommes arrivés chez moi, un petit studio meublé à Kilburn, je lui demandé où il habitait et il m'a dit "nulle part", parce qu'il venait de se faire virer de son garni. Je lui ai alors demandé où étaient ses affaires. Il m'a répondu qu'il les avait mises à la consigne de la gare de Victoria. Toutes ses possessions tenaient dans une valise.

Je lui ai dit qu'il pouvait dormir sur mon canapé, ce qu'il a fait. Le lendemain était l'une des rares journées où je ne travaillais pas et on est allés au zoo. C'est drôle, je n'ai jamais aimé les zoos et je ne les aime toujours pas, mais j'étais très solitaire depuis longtemps, et là, je me retrouvais avec un beau garçon pour moi toute seule, et cela me paraissait merveilleux. Il a été convenu, je ne sais plus trop comment, qu'il viendrait habiter chez moi. Bien entendu, il voulait coucher avec moi, mais la pilule n'existait pas encore à l'époque et j'avais une peur bleue de me retrouver enceinte. Ça l'a fait rire et il a dit qu'on n'avait qu'à se marier. Ce qu'on a fait. On est allés à Blackpool pour notre lune de miel. »

Agatha regarda James et se rendit soudain compte qu'elle s'était trahie et avait finalement révélé la vérité sur ses origines. Alors, elle eut un petit haussement d'épaules et poursuivit :

« Il a trouvé un boulot de manutentionnaire, pour charger des journaux à Fleet Street. Moi, je continuais à travailler comme serveuse et à suivre mes cours de secrétariat. Au bout d'un mois de mariage, j'ai compris que j'avais échangé mon cheval borgne contre un aveugle, autrement dit, que j'avais fui des parents ivrognes pour me marier avec un ivrogne.

Aujourd'hui encore, je ne comprends pas pourquoi il m'a épousée. C'était un garçon qui plaisait beaucoup aux femmes. Il s'est mis à me frapper. Je lui ai rendu ses coups, parce que j'avais beau être très mince à l'époque, j'étais montée sur ressorts. Et en plus, moi, je n'étais pas ivre.

Il a perdu son travail et fait une série de petits boulots mais, la plupart du temps, il était sans emploi. J'ai supporté ça deux ans. Et puis, quand j'ai été embauchée dans une boîte de relations publiques comme secrétaire, j'ai eu besoin d'argent pour m'acheter des vêtements convenables. Je ne voulais plus lui payer sa boisson. Un soir, je suis rentrée et l'ai trouvé qui ronflait sur le lit, la bouche ouverte. Sur le paillasson, le courrier n'avait pas été ouvert et dans la pile, il y avait des papiers des Alcooliques anonymes auxquels j'avais écrit pour demander de la documentation. Je les ai épinglés sur sa poitrine, j'ai fait ma valise et suis partie.

Il savait où je travaillais et je m'attendais à le voir débarquer pour me demander de l'argent. Mais il n'est jamais venu. Petit à petit, les années ont passé et j'étais persuadée qu'il était mort. Je me disais que personne ne peut survivre en buvant autant. Et puis, j'ai laissé l'ambition prendre toute la place dans ma vie. Qu'est-ce que je savais de Jimmy, hein ? Il avait beaucoup de charme. Tu dois trouver ça difficile à croire aujourd'hui. Quand je l'ai rencontré, il me donnait l'impression d'être la seule femme qui comptait, et lui, il était le seul homme de ma vie qui m'ait fait me sentir jolie. Il ne disait jamais rien de génial, et ses plaisanteries étaient toujours débiles, mais avant que tout ne tourne à l'aigre, il me rendait heureuse, euphorique, comme si le monde était un endroit amusant où rien n'avait beaucoup d'importance. » Agatha poussa un petit soupir. « Est-ce qu'on saura un jour qui était le vrai Jimmy Raisin ? Je me le demande. Au début, après chaque cuite, il était authentiquement désolé. Oui, je sais... Il parlait toujours de l'argent qu'il gagnerait, et il était sûr de son fait. Je suppose qu'il se nourrissait de rêves.

— Et moi, j'en conclus que, quand tu l'as rencontré, c'était un arnaqueur en herbe, dit James d'un ton dur. Trop flemmard pour travailler. Grâce à toi, il s'est rendu compte des avantages qu'il y avait à se faire entretenir par une femme. Tu as fini par voir clair en lui. Alors il a probablement cessé de boire le temps de se trouver une autre femme. Ce que tu as décrit, Agatha, c'est un homme égoïste, intéressé, un maître chanteur-né.

— Je ne t'ai sans doute rien dit que tu ne saches déjà, répondit Agatha d'une petite voix.

— En effet. Mais je ne savais pas que tu avais eu une vie aussi dure.

— Tu trouves ? L'ambition est une drogue puissante, tu sais. J'ai cravaché sans arrêt. Je ne me suis jamais vraiment arrêtée pour regarder en arrière. Enfin, pour en revenir à ce ou ces meurtres : le coupable doit être l'une des personnes que Jimmy a rencontrées au centre de remise en forme. Je suis revenue à cette idée. Je regrette que cette Gloria Comfort nous ait échappé. Je suis persuadée qu'elle nous a menti.

— Il est certain que notre visite l'a fait filer en Espagne, dit James. Et puis, il y a son ex. Il s'est montré très agressif.

— Mais lui, il n'est même pas allé à ce fameux centre, protesta Agatha. Comment aurait-il pu savoir à quoi ressemblaient Jimmy et miss Purvey ?

– C'est peut-être ça que Gloria ne nous a pas dit. Peut-être que Jimmy n'a pas écrit à son mari. Peut-être qu'il est allé directement le voir.
– Soit. Mais miss Purvey, alors ?
– Si l'assassinat de miss Purvey n'est pas lié à celui de Jimmy, cela élargit le champ des investigations.
– Je crois que notre seul espoir, c'est que l'enquêtrice de Roy trouve quelque chose dans le sac qu'a pris cette mystérieuse Lizzie. »
Agatha éternua.
« Tu t'enrhumes ? demanda James.
– Je ne sais pas. J'ai peut-être pris froid. On gelait dans cette salle paroissiale pendant le concert.
– Alors, on rentre et tu te mets au lit. Demain, on continuera à réfléchir à tout ça. »
Comme ils entraient dans Carsely, une voiture les croisa. James freina brusquement : « Je crois que c'était Helen Warwick ! Elle doit être venue nous voir.
– Te voir, tu veux dire, rectifia Agatha.
– Il faut que je la rattrape. »
James braqua à fond.
« Pourquoi ? » demanda Agatha tandis qu'ils filaient en sens inverse dans la direction prise par Helen Warwick. « Tu as dit qu'elle n'avait rien de plus à nous apprendre.
– Sans doute que si : sinon pourquoi aurait-elle fait tout ce chemin pour venir nous voir ?

– Pour nous assassiner dans notre lit », dit sombrement Agatha.

Pendant toute la descente de la colline, puis sur la route de Moreton, James chercha la BMW d'Helen. Il en vit une devant eux au premier rond-point de Moreton. Ils la rattrapèrent sur la route d'Oxford, mais s'aperçurent alors que le conducteur était un homme âgé et non pas Helen Warwick.

Ils roulèrent encore pendant quelques kilomètres, puis James finit par dire à regret : « Bon, eh bien on l'a ratée.

– Tant mieux, dit Agatha. Elle n'est venue ici que pour te courir après.

– Tu as sans doute raison », opina James.

Agatha le regarda d'un air renfrogné. Lorsqu'ils arrivèrent chez James, elle toussait, sa respiration était sifflante et elle avait l'impression que sa tête était en feu.

Sur les instances de James, elle prit deux aspirines et se coucha. Elle plongea dans un enfer de rêves bruyants où se succédaient incendies violents, coups de feu, courses éperdues le long de la Tamise à Londres avec Roy sur ses talons, fuyant l'un et l'autre devant quelqu'un qu'ils ne connaissaient pas.

Le lendemain, Agatha était trop malade pour se soucier de quoi que ce fût. James lui apporta de quoi grignoter sur un plateau et des bouteilles d'eau minérale. Agatha refusa de le laisser appeler le médecin, disant qu'elle n'avait qu'un mauvais rhume et que s'il existait un remède contre le rhume, la nouvelle aurait déjà fait les gros titres des journaux.

À sept heures du soir, elle entendit sonner à la porte puis un brouhaha de voix. Celle de James domina tout à coup, il semblait manifestement stupéfait : « Quoi ! »

Elle gémit et farfouilla pour trouver sa robe de chambre. Rhume ou pas, nez rouge ou pas, il fallait qu'elle sache ce qui se passait.

Elle descendit l'escalier et entra dans le salon. Au premier abord, elle crut que la scène qui s'offrait à elle était due à une hallucination née de son cerveau enfiévré. Il y avait là Wilkes, flanqué de Bill Wong et de deux inspecteurs.

Elle cilla et comprit qu'ils étaient bien réels.
« Pourquoi sont-ils là, James ? » demanda-t-elle.

James avait un visage crispé et sévère.

« Helen Warwick a été assassinée. »

Agatha s'assit, les jambes coupées.

« Oh, non ! Quand ?

— Aujourd'hui. Étranglée avec l'une de ses écharpes. Et elle a essayé de nous voir hier, Agatha. Elle était à Carsely hier soir. Et maintenant, elle est morte.

— Malheureusement, personne dans l'immeuble où elle habite n'a rien vu, intervint Wilkes. Nous supposons que le crime a eu lieu au milieu de l'après-midi. Nous enregistrons les témoignages de toutes les personnes qui la connaissaient.

— Comme vous le voyez, dit James en désignant Agatha, Mrs Raisin n'était pas en état d'aller où que ce soit, et j'ai joué les garde-malades. Je suis allé deux fois à l'épicerie du village. Ils pourront le confirmer.

— Vous êtes allés voir Helen Warwick », dit soudain Bill Wong. C'était une affirmation, pas une question. « Vous n'auriez pas pu nous laisser ce soin ?

— Honnêtement, je ne vois pas la différence entre votre visite ou la nôtre », dit James avec lassitude.

Ils firent répéter plusieurs fois à James ce qu'avait dit Helen Warwick, puis pourquoi il était retourné la voir. Agatha toussa et frissonna. Elle commençait à se sentir trop malade pour s'intéresser à ce qui se passait.

La police partit enfin.

« Va te recoucher, Agatha, dit James. On ne peut plus rien faire ce soir. »

Mais Agatha se tourna et se retourna longtemps dans son lit. Il y avait quelque part un meurtrier en liberté qui, après avoir essayé de les brûler vifs, pourrait essayer une seconde fois de les tuer.

James s'apprêtait à monter se coucher lui aussi quand le téléphone sonna.

Roy Silver était à l'autre bout du fil et parlait d'une voix aiguë et excitée :

« Agatha est là ?

– Agatha n'est pas bien du tout. Elle a un mauvais rhume. Je vous écoute.

– C'est à propos de la clocharde, Lizzie. Iris l'a retrouvée. Elle a les affaires de Jimmy.

– Tant mieux. Qu'est-ce qu'il y a dans le sac ?

– Je n'en sais rien. La vieille chouette en demande cent livres.

– Qu'est-ce que vous attendez pour les lui donner, enfin !

– Je n'ai pas assez de liquide, James.

– Où êtes-vous convenus de vous retrouver ?

– Elle sera à la station de métro Temple demain à midi.

– Je serai là aussi avec l'argent.

– Iris y sera aussi, avec moi. Elle nous désignera la vieille. Vous êtes sûr que je ne peux pas parler à Aggie ?

– Non. Elle est trop malade. À demain. »

James raccrocha et monta.

« Qui était-ce ? » cria Agatha.

James savait que s'il lui disait la vérité, elle insisterait pour aller à Londres.

« Un reporter du *Daily Mail*, dit-il d'une voix apaisante. Essaie de dormir. »

Le lendemain, quand Agatha descendit enfin, elle trouva sur la table une note de James lui disant qu'il était au commissariat de Mircester. Il ne voulait pas qu'Agatha soit tentée de le suivre à Londres.

Agatha se traîna jusqu'à la cuisine pour se faire une tasse de café. Le cottage était d'un calme sinistre sans James, et l'incendie avait laissé une odeur de bois et de peinture brûlés. La porte provisoire en contreplaqué que le menuisier avait installée, en attendant que la déclaration de sinistre de James soit traitée, semblait un rempart bien dérisoire contre le monde extérieur.

Agatha fit sortir ses chats dans le jardin après leur avoir donné à manger. Elle prit une autre tasse de café et fuma deux cigarettes auxquelles elle trouva un goût infâme, puis elle retourna se coucher.

À mesure que James s'approchait de la station de métro Temple, son impatience croissait. Pourvu qu'il y ait dans les affaires de Jimmy quelque chose qui le mette sur la voie. Il avait laissé Agatha seule et n'était pas tranquille. Quand il arriva à la station, il était midi moins dix. Sur une impulsion, il appela Mrs Hardy et lui demanda si elle voulait bien téléphoner à Agatha ou passer voir si tout allait bien. Mrs Hardy lui répondit cordialement qu'elle n'avait rien de particulier à faire et qu'elle serait heureuse de s'occuper d'Agatha. Rassuré, James raccrocha.

Quand il se retourna, il vit Roy et sa redoutable enquêtrice qui l'attendaient. Roy fit les présentations.

« Alors, où est-elle, cette femme ? demanda James

en regardant autour de lui. Et si elle ne venait pas ?

— Elle viendra, dit Iris. Pensez à toutes les bouteilles qu'elle va pouvoir se payer avec cent livres.

— Aggie devrait être ici, dit Roy. Comment va-t-elle ?

— Elle n'est pas bien du tout. Vous savez, je ne lui ai parlé de rien, sinon elle serait venue ventre à terre, et elle n'est pas en état.

— La voilà, dit Iris. »

Une petite femme engoncée dans des couches superposées de vêtements miteux avançait en traînant les pieds dans la station. Elle avait les yeux très enfoncés et une bouché édentée. Elle semblait âgée, toute courbée, et ses mains, qui tenaient deux sacs en plastique, étaient tordues et déformées par l'arthrite.

« Salut, Lizzie, lança Iris. Donnez-nous ce sac.

— Le fric d'abord. Je veux mille livres. »

Avant que James ou Roy aient pu réagir, Iris rétorqua : « Alors tant pis, Lizzie. On reprend nos cent livres et on s'en va. Ça m'étonnerait qu'il y ait là-dedans quelque chose qui en vaille plus de cinq. »

Au regard de Lizzie, James vit alors qu'elle avait fouillé dans les affaires de Jimmy et qu'elle était d'accord avec Iris.

« Eh là, attendez ! » Une main en forme de griffe saisit la manche d'Iris. « Vous avez l'argent ? »

Iris fit un signe de tête à James, qui prit son

portefeuille et en sortit cinq billets de vingt livres. Les yeux de Lizzie brillèrent.

« Le sac, Lizzie, rappela Iris.

– Le fric, dit Lizzie.

– Minute ! C'est celui-là le bon sac ? » Iris s'en saisit. « Je vais juste jeter d'abord un petit un coup d'œil dedans. Il n'y a peut-être que des vieux journaux. »

Iris plongea la main dedans. Les possessions de Jimmy semblaient se réduire à quelques photographies, un tire-bouchon, quelques lettres et un portefeuille déglingué.

« C'est bon », dit l'enquêtrice.

James tendit l'argent. « J'espère que vous allez vous acheter de quoi manger avec ça. »

Lizzie le regarda comme s'il était fou, saisit l'argent, l'enfouit sous ses couches de vêtements et s'éloigna d'un pas traînant.

« Ne restons pas là pour regarder ce qu'elle vient de nous filer, dit James.

– Allons à mon bureau, proposa Iris. Mais vous allez être déçus. Il n'y a pas l'air d'y avoir grand-chose, hormis des bouts de papier et quelques photos. »

Ils prirent un taxi pour aller à Paddington, où se trouvait l'agence d'Iris, et renversèrent le contenu du sac sur le bureau.

Il y avait des lettres d'amour humides, froissées et tachées, écrites par plusieurs femmes. Jimmy les avait sans doute gardées pour les savourer à loisir.

Le portefeuille contenait seulement la photographie d'une jeune fille menue avec des petits yeux et une épaisse chevelure très brune.

« Ça alors ! s'exclama James. Mais c'est Agatha toute jeune. On la reconnaît à peine. » Il y avait diverses autres photos de femmes et une de Jimmy sur une plage. Une femme blonde d'un certain âge en maillot de bain lui passait de l'huile sur le dos. Elle était mince et musclée. Son visage était détourné de l'objectif. « Oh, bon sang, si seulement on pouvait la voir de face ! marmonna James. Je parie que c'est Mrs Gore-Appleton.

— Je peux revoir ces photos ? » Iris pencha la tête et les examina de nouveau. « Là ! dit-elle triomphalement. Voilà la même femme. »

James avait devant lui le visage mince et agressif d'une blonde à l'air dur.

Puis, à mesure qu'il regardait le cliché, il eut la certitude qu'il avait vu cette femme quelque part. Agatha avait incroyablement changé depuis sa jeunesse. Les gens changeaient. Les femmes changeaient à la ménopause et, souvent, elles grossissaient.

Brusquement, la lumière se fit. La décoloration en moins, quelque dizaines de kilos en plus et voilà ! Vous aviez Mrs Hardy. Oui, c'était bien la même bouche. Le même regard dur.

« Oh mon dieu, s'écria-t-il. Dire que je lui ai demandé de s'occuper d'Agatha !

— À qui ? glapit Roy.

– À Mrs Hardy. C'est Mrs Hardy, notre voisine.
– Depuis le début, je dis à Agatha que c'est elle. »

James appela le cottage. Pas de réponse. Puis il téléphona à Mrs Hardy. Occupé. Il commença à transpirer. Il composa fébrilement le numéro de Bill Wong.

9

Agatha décida finalement de voir si, après avoir pris un bain et s'être habillée, elle ne se sentirait pas mieux. Elle resta longtemps dans son bain, puis retourna dans sa chambre, passa un pantalon et un pull chauds, pensant au jour béni où elle pourrait récupérer son cottage et mettre le chauffage central à plein régime si elle voulait. James avait un thermostat pour régler son système de chauffage si bien que les radiateurs se mettaient en route deux heures le matin et deux heures le soir, ce qu'Agatha trouvait mesquin.

Le téléphone sonna. C'était Mrs Hardy. James lui avait dit qu'Agatha était malade. Voulait-elle qu'elle lui prépare à manger ou avait-elle besoin d'autre chose ?

Agatha eut soudain très envie de sortir du cottage, ne fût-ce qu'un petit moment, et répondit : « Je prendrais bien un café. J'arrive dans deux minutes. »

Elle fit sortir les chats dans le jardin, leur donna

à manger, mit ses cigarettes dans son sac et se dirigea vers la maison voisine.

Ce ne fut qu'une fois installée dans la cuisine de Mrs Hardy qu'elle regretta d'être venue. Toutes les réflexions de sa voisine sur le village et ses habitants lui revinrent à l'esprit. De plus, elle soupçonnait Mrs Hardy de la considérer avec pitié, voire avec une certaine ironie. Agatha vit une lueur moqueuse dans ses yeux quand elle la regarda, même si la tasse de café fut assortie d'une remarque gentille : « Tenez. C'est du pur Brésil de chez Drury. Vous avez vraiment mauvaise mine. Vous êtes sûre que vous ne seriez pas mieux au lit ?

— Absolument. J'ai l'air plus malade que je ne le suis. »

Agatha jeta sur la cuisine un regard de propriétaire. Bientôt, tout le cottage lui appartiendrait de nouveau.

« Que fait Mr Lacey à Londres ? demanda Mrs Hardy.

— Oh, il n'est pas à Londres. Il est au commissariat de Mircester. Il m'a laissé un message.

— C'est curieux. Il m'a téléphoné pour me demander de garder un œil sur vous. Dès qu'il a raccroché, j'ai fait le 14 71 pour avoir le dernier numéro appelant, et j'ai vu que c'était un numéro de Londres.

— Il a peut-être décidé d'y aller directement de Mircester. »

Le téléphone du salon sonna. « Excusez-moi »,

dit Mrs Hardy en allant répondre. Agatha l'entendit dire : « Non, je ne l'ai pas vue aujourd'hui. » Puis elle raccrocha. La sonnerie retentit à nouveau. Agatha se rendit compte avec surprise que, dans le silence du cottage, elle discernait une petite voix qui jacassait à l'autre bout du fil, alors que Mrs Hardy ne répondait rien. Quand celle-ci revint à la cuisine, Agatha dit : « Il y a quelqu'un sur la ligne. J'entends une voix d'ici.

— Oh, c'est un de ces appels anonymes. Quelqu'un qui respire fort au bout du fil. » Mrs Hardy retourna dans le salon, raccrocha sèchement, puis décrocha le combiné.

« Je viens de me rappeler que je dois sortir. Mais restez ici et finissez votre café. Je monte chercher quelques affaires. »

Agatha hocha la tête et but son café à petites gorgées. Finalement, l'ennui la poussa à se lever et à fureter dans les placards de la cuisine. Puis elle ouvrit les tiroirs. Dans l'un d'eux se trouvaient des photographies. Elle les regarda rapidement, puis resta en arrêt devant l'une, sidérée. Elle avait devant elle le visage de son mari, assis à côté d'une blonde au visage dur, quelque part à une terrasse de café en France.

Puis en regardant plus attentivement, elle se rappela que la fameuse Mrs Gore-Appleton avait emmené Jimmy dans le sud de la France. Le visage semblait familier. Ces yeux au regard ironique. Cette bouche dure.

Elle referma le tiroir et prit appui des deux mains contre le plan de travail de la cuisine. Comme ils avaient tous été stupides ! C'était si simple. Mrs Hardy et Mrs Gore-Appleton ne faisaient qu'une. Ce devait être elle qui avait reconnu miss Purvey au cinéma l'autre jour, bien qu'elle ait affirmé être allée à Londres. Lorsque Helen Warwick, poussée par l'intérêt, avait décidé de venir voir James, elle avait dû repérer Mrs Gore-Appleton et la reconnaître. Elles s'étaient certainement parlé.

En trouvant Mrs Gore-Appleton si changée, Helen avait dû dire quelque chose du genre : « Je ne vous ai pas rencontrée au centre de remise en forme ? » Et si Mrs Gore-Appleton avait essayé d'acheter son silence ? Si elle lui avait dit qu'elle irait la voir à Londres ? Lui avait demandé son adresse ? Un scénario de ce genre ? Et Helen avait pu marcher, par appât du gain.

En entendant Mrs Gore-Appleton descendre l'escalier, Agatha sentit son sang se figer dans ses veines.

Si elle n'avait pas été si désorientée par une nouvelle poussée de fièvre, elle aurait écouté la voix du bon sens, serait partie dans l'instant et aurait appelé la police. Mais une sorte de vertige indigné s'empara d'elle et elle dit : « Mrs Gore-Appleton, je présume ? » Elle fit un signe du pouce par-dessus son épaule : « J'ai vu la photo de vous et de Jimmy dans ce tiroir.

— Vous êtes bien la parfaite fouille-merde du village, toujours à mettre le nez où il ne faut pas. »

Debout dans l'embrasure de la porte, Mrs Gore-Appleton bloquait l'issue.

Agatha aurait pu lui demander pourquoi elle avait tué trois personnes. Au lieu de quoi, elle s'entendit dire bêtement : « Pourquoi Carsely ? Et pourquoi ce cottage ?

— Je voulais quitter Londres. J'ai essayé de vivre en Espagne, mais cela ne m'a pas convenu. J'ai demandé à un agent immobilier de me chercher une maison dans les Cotswolds. On m'a envoyé plusieurs prospectus et j'ai décidé de venir jeter un coup d'œil. J'ai entendu votre nom parmi ceux des éventuels vendeurs. Je ne savais pas que vous aviez été mariée à Jimmy. Il n'a jamais parlé de vous ni dit qu'il avait été marié, mais le nom m'a amusée et j'ai acheté cette maison.

— Et puis Jimmy est revenu, il vous a reconnue et il a essayé de vous mettre la pression ?

— Exactement. J'avais changé mon nom en Gore-Appleton avec de faux papiers. Quand je me suis débarrassée de l'œuvre de bienfaisance, j'ai repris mon ancien nom.

— Pourquoi ne m'avez-vous pas tuée ? demanda Agatha, dont les yeux furetaient partout, en quête d'une arme.

— Ah mais ce n'est pas faute d'avoir essayé ! J'ai mis le feu au cottage de Lacey. Seulement, au cas où quelqu'un du village m'aurait vue sur les lieux, il a fallu que je fasse semblant de chercher à l'éteindre l'incendie. Après ça, j'ai commencé à vous trouver plutôt sympathique et j'ai pensé à une autre façon de détourner tout soupçon de ma personne. J'ai donc loué les services de quelqu'un qui vous a menacée avec un pistolet. Mon coup de pied avait été soigneusement mis au point.

— Qui vient d'appeler ? La police ?

— Non, c'était cette femme de pasteur qui se mêle toujours de tout. Elle voulait savoir où vous étiez, sous un prétexte fallacieux. »

Agatha se redressa. Mrs Gore-Appleton n'avait pas d'arme. « Je vais franchir cette porte et téléphoner à la police », dit-elle.

Mrs Gore-Appleton s'écarta. « Je ne vous arrêterai pas, je suis lasse de fuir. Au moins, il n'y a plus la peine de mort aujourd'hui. »

Agatha passa devant elle et entra dans le salon. Elle replaça le téléphone sur son socle et commença à composer le numéro du commissariat de Mircester.

Mrs Gore-Appleton, qui s'était glissée sans bruit derrière elle, lui asséna de toute sa force un coup sur le crâne avec un tisonnier de laiton.

Agatha s'écroula sur le sol en gémissant.

« Pauvre conne », dit Mrs Gore-Appleton en lui donnant un coup de pied avant de raccrocher le combiné.

Elle sortit dans le jardin de derrière pour aller prendre une pelle dans l'abri. Elle arracha certains des plus jolis arbustes d'Agatha, les jeta sur la pelouse et se mit à creuser une tombe, contente de trouver le sol meuble et facile à bêcher.

Puis elle retourna dans le salon, prit le pouls d'Agatha, toujours inconsciente, mais encore en vie. Quelques pelletées de terre et le problème serait vité réglé. Elle saisit Agatha par les chevilles, lui fit traverser la cuisine en la tirant en direction du jardin. La tête blessée d'Agatha laissa une traînée sanglante sur les dalles juste devant la porte. Puis Mrs Gore Appleton la remorqua sur la pelouse et la poussa à plat ventre dans le trou.

« Repose en paix, chère Agatha », dit-elle, et elle jeta la première pelletée de terre dans la tombe. Absorbée par sa tâche, tournant le dos à la maison, elle n'entendit pas Fred Griggs arriver. Il l'empoigna et la jeta au sol pendant que Bill Wong sautait dans le trou et se mettait à retirer frénétiquement à mains nues la terre recouvrant Agatha.

Agatha reprit connaissance à l'hôpital, et trouva Bill Wong assis à son chevet.

« Tout va bien, dit Bill. Mais reposez-vous. Je prendrai votre déposition plus tard. »

Agatha promena autour d'elle un regard hébété. Elle était dans une chambre individuelle. Il y avait des fleurs partout. Puis ses yeux s'écarquillèrent.

« J'avais Mrs Gore-Appleton sous le nez depuis le début. Qu'est-ce qui s'est passé ?

— Vous l'avez échappé belle, dit Bill. Elle vous

a assommée avec le tisonnier, a creusé une tombe dans le jardin et essayé de vous enterrer vivante. Vous êtes assez remise pour avoir cette conversation ? Je peux partir si vous voulez.

– Non, restez », dit-elle.

Mais ses paupières commencèrent à se fermer et elle s'endormit.

Quand elle se réveilla de nouveau, elle se sentit beaucoup mieux et un médecin lui apprit qu'une partie de ses cheveux avait été rasée et qu'on lui avait fait plusieurs points de suture au cuir chevelu. Après plusieurs examens, on lui dit qu'elle se rétablirait parfaitement à condition de rester tranquille. Sa seconde visiteuse fut Mrs Bloxby.

« Ce que je suis heureuse de vous trouver saine et sauve ! » dit la femme du pasteur en mettant une grappe de raisins dans un bol. « Vous savez, il y a eu une drôle de coïncidence. J'ai réfléchi à ce que Mrs Hardy – je vais l'appeler comme ça puisque c'est son vrai nom – à ce que Mrs Hardy, donc, avait dit, et puis je me suis mise à repenser à l'incendie et à l'agresseur armé, et j'ai commencé à avoir un mauvais pressentiment. Je lui ai téléphoné pour demander si vous étiez là, parce que j'étais allée vous voir chez James d'abord. Elle m'a répondu que non mais, je ne sais pas pourquoi, je me suis dit qu'elle mentait. J'ai rappelé pour demander si elle vous avait vue, mais j'ai compris qu'elle n'était plus à côté du téléphone, et j'ai eu l'impression d'entendre votre voix au loin, et le téléphone a été raccroché. J'ai mis mon manteau et me suis précipitée à Lilac Lane où j'ai vu la voiture de police. Elle a essayé de vous enterrer vivante. C'est monstrueux. »

Bill Wong arriva sur ces entrefaites. « Je vous ai apporté des chocolats, dit-il.

– Asseyez-vous et racontez-moi tout.

– Elle a parlé. Un vrai moulin à paroles, dit Bill. Je crois qu'elle est un peu cinglée. Elle dirigeait cette œuvre bidon quand elle est tombée sur Jimmy. Il devait être une épave, mais je vais vous dire : elle est tombée amoureuse de lui, d'où la silhouette mince, les cheveux décolorés et les vacances dans le sud de la France. Faire chanter les clients du centre de remise en forme, c'était l'idée de Jimmy, mais elle a suivi.

Et puis, par pure coïncidence, Jimmy l'a vue le jour de votre mariage, et il a décidé de la faire chanter. Elle lui a donné son adresse et lui a dit de venir la voir de bonne heure le lendemain matin. Elle a été témoin de votre dispute, mais elle l'attendait déjà, déguisée en homme. Nous avons trouvé une paire de chaussures de pointure quarante-trois dans sa penderie. Elle l'a étranglé et cru que ses problèmes étaient terminés. Puis elle a étranglé la pauvre miss Purvey. Elle dit qu'Helen Warwick l'avait repérée le jour où elle est venue pour essayer de voir James Lacey. Mrs Gore-Appleton...

– Appelez-la donc Mrs Hardy, c'est plus facile, intervint Mrs Bloxby.

– Mrs Hardy, donc, a persuadé Helen Warwick qu'elle n'avait rien à voir avec les assassinats et que, si elle se taisait, elle viendrait lui apporter "un cadeau". Si cette imbécile était venue trouver la police, elle serait encore vivante. Et vous avez de la chance de l'être, Agatha. Elle vous a frappée derrière le crâne. Saviez-vous qui elle était vraiment ?

– Oui. J'avais trouvé une photo d'elle avec Jimmy dans le tiroir de la cuisine. J'avais un tel rhume – tiens, le coup de tisonnier semble l'avoir fait disparaître – que tout me semblait irréel et, comme une idiote, je l'ai affrontée et lui ai dit que j'allais appeler la police. Elle a paru complètement résignée. La chose qui m'énerve le plus, c'est que Roy Silver – oui, lui ! – était persuadé depuis le début que Mrs Hardy était la coupable. Je n'ai pas fini de l'entendre la ramener ! Mais parlez-moi de Mrs Comfort. Comment se fait-il qu'elle ait filé brusquement en Espagne ?

– C'est très simple. Elle est revenue et a expliqué qu'elle ne voulait pas être mêlée à une enquête criminelle. Elle avait peur de son ex-mari. Elle a dit qu'elle voulait retourner vivre avec lui, mais qu'entre-temps, elle était tombée amoureuse de Basil et avait découvert que son ex était devenu violent, agressif et qu'il s'était mis à boire. Geoffrey était, disons pudiquement, "un excentrique", et ses voisins se plaignaient de ses menaces d'ivrogne.

– Quelle gourde, dit amèrement Agatha. Elle nous a fait perdre beaucoup de temps ! » Elle les regarda avec inquiétude. « Où est James ? Il est venu ? »

Bill et Mrs Bloxby échangèrent un regard.

« Où est-il ? demanda Agatha.

— Il faut lui dire la vérité, dit Mrs Bloxby.

— Elle ne l'a pas tué quand même ? Dites-moi qu'il va bien ? »

Mrs Bloxby se pencha et lui prit la main.

« Il va bien, dit Bill. Il a compris que Mrs Hardy et Mrs Gore-Appleton ne faisaient qu'une. La détective de Roy a découvert la mystérieuse Lizzie et James a trouvé dans les affaires de Jimmy une photo de lui avec Mrs Hardy. Quand il s'est rendu compte qu'il lui avait demandé de s'occuper de vous, il m'a appelée.

— Alors où est-il ? »

Mrs Bloxby lui serra la main un peu plus fort.

« Il a fait sa déposition, dit Bill. Il est venu prendre de vos nouvelles à l'hôpital, et une fois rassuré, il est parti pour Chypre. Il a dit qu'il avait besoin de prendre du recul. Les déménageurs que Mrs Hardy avait contactés sont venus chercher ses meubles et la police a gardé toutes les pièces à conviction dont elle avait besoin. James a fait transférer toutes vos affaires dans votre cottage. Je suis navrée, Agatha. J'ai eu des mots avec lui. Je lui ai dit que la moindre des choses, c'était d'attendre que vous ayez repris connaissance.

— Bon, eh bien c'est comme ça », dit Agatha. Mais elle avait les larmes aux yeux. « On ne peut

pas gagner sur tous les tableaux. Je suis un peu fatiguée, alors...
– Bien sûr. »
Mrs Bloxby se leva aussitôt.
« Je viendrai prendre votre déposition demain », dit Bill.
Agatha sourit faiblement. « Ne venez pas avec Maddie.
– Même pas en rêve ! »
Quand ils furent partis, Agatha se mit à pleurer. Comment James pouvait-il se montrer aussi ignoble et sans cœur ?
À force de pleurer, elle finit par s'endormir et sa dernière pensée consciente et attristée fut qu'elle était la plus mal-aimée des femmes.

Au fil des jours, Agatha recouvra lentement ses forces, sa santé et son moral. Quand Roy Silver appela, elle lui donna des instructions pour téléphoner au garde-meubles afin qu'on lui rapporte son mobilier et qu'on l'installe dans son cottage.
Roy ne demandait qu'à l'aider. Mr Wilson ne lui avait-il pas promis un gros bonus s'il pouvait faire miroiter à Agatha les charmes de la com et la ramener au bercail ?
Il revint deux jours plus tard pour lui dire gaiement que tout était de nouveau en place et que Doris Simpson, sa femme de ménage, s'occupait des chats.

« Et j'ai trouvé ça sur ta table de cuisine », dit-il en lui tendant une lettre.

Elle l'ouvrit. Elle était de James. Elle la reposa. « Je la lirai plus tard.

– Quelle aventure ! dit Roy. À ceci près que cet ami à toi, Bill Wong, a eu les honneurs de la presse et qu'on n'a pas dit un mot sur nous.

– Ils auraient dû te mentionner. Mais aucun mérite ne me revient dans la solution de cette affaire. J'ai été aveugle ! Quelques cadavres de plus et cette horrible bonne femme aurait eu sa place dans l'Histoire comme *serial killer.* »

Roy s'assit au bord du lit. « Si tu veux mon avis, Aggie, la vie de village n'est pas faite pour toi. Elle est beaucoup trop ténébreuse et dangereuse.

– Je sais ce que tu as derrière la tête, Roy, dit Agatha en souriant, et je sais pourquoi tu es aussi serviable. Je te suis reconnaissante de ranger toutes mes affaires, mais je n'ai vraiment pas l'intention de reprendre du travail.

– Je trouve que tu as une dette envers moi, dit Roy. Qui a engagé le détective au départ ?

– Toi. Et pour un motif plutôt moche.

– J'ai fait ça par amitié, dit Roy, dépité. Sans moi, tu serais morte dans ton jardin et tu servirais d'engrais aux pâquerettes. Allez, Aggie. Maintenant que cet enfoiré de Lacey a débarrassé le plancher, tu vas avoir besoin de te changer les idées. Si tu reprenais, juste pour six mois ? »

Elle fronça les sourcils. Pourquoi pas ? Chaque

fois qu'elle pensait à James, elle avait l'estomac qui se serrait. Les cœurs ne se brisaient pas, mais on avait parfois l'impression que les entrailles se déchiraient.

« D'accord, dit-elle. Mais seulement pour une période de six mois.

— Aggie, tu es une reine. Je file appeler Wilson. »

Quand il fut parti, elle ouvrit la lettre.

Chère Agatha,

Je sais que tu dois me considérer comme le dernier des salauds d'être parti pour Chypre sans prévenir, mais je suis resté jusqu'à ce que je sois sûr que tu étais tirée d'affaire. La vérité, c'est que j'ai désespérément besoin de me retrouver seul et je crains que si je reste et que je te revois, je risque de ne pas partir. Or je ne me sens honnêtement pas encore prêt pour le mariage. Je t'en prie, pardonne-moi. Je t'aime autant que je suis capable d'aimer quelqu'un. Ne l'oublie pas.

Je t'embrasse,

James

Agatha reposa la lettre et laissa son regard errer dans le vide. L'espoir flamba à nouveau dans son âme meurtrie. Elle relut plusieurs fois la phrase : « Je t'aime autant que je suis capable d'aimer quelqu'un. »

Elle appuya sur la sonnette à côté de son lit.

« Je dois bien sortir demain ?
— Oui, Mrs Raisin, répondit l'infirmière.
— Alors, soyez un amour et apportez-moi les formulaires de décharge à signer, parce que je pars aujourd'hui.
— Si vous trouvez que c'est raisonnable...
— Oh, très, très raisonnable.
— Très bien. »

En sortant, l'infirmière croisa Roy Silver qui revenait. « Wilson est aux anges, Agatha. Tu peux commencer dans un mois ?
— Bien sûr, bien sûr », répondit-elle. Il la regarda d'un œil soupçonneux. « Ne me fais pas ton œil furibond, Roy. Je suis là jusqu'à demain, de toute façon. Tu n'es pas attendu à Londres ?
— Si. Mais tu ne vas pas te barrer, hein ?
— Je suis dans un lit d'hôpital, non ? »

Roy quitta la chambre et remonta lentement le couloir. En passant devant une infirmière en grande conversation avec un médecin, il entendit : « La patiente de la chambre cinq, Mrs Raisin, veut sortir aujourd'hui. Elle était prévue pour demain. Je ne pense pas qu'une journée fasse beaucoup de différence. »

Et ils s'éloignèrent. Roy se figea. Puis il fit demi-tour et s'arrêta de nouveau. Si Agatha avait changé d'avis, elle ne le lui dirait pas nécessairement. Il attendrait qu'elle parte et verrait si elle rentrait directement chez elle.

Il attendit une heure sur le parking et vit

Mrs Bloxby arriver. Au bout d'une autre demi-heure, il vit Agatha sortir avec la femme du pasteur et s'installer dans la voiture de celle-ci. Roy monta dans la sienne et les suivit. Au lieu de rentrer à Carsely, elles prirent la direction de Moreton-in-Marsh et s'arrêtèrent devant une agence de voyages. Roy attendit encore qu'elles ressortent. Puis il entra d'un pas décontracté dans l'agence et lança, l'air de rien : « Je viens de voir mon amie Mrs Raisin. Elle part à l'étranger ?

— Oui, répondit aimablement l'employée. Elle a pris un billet pour Chypre.

— Quand ?

— Demain. Je peux vous aider, monsieur ?

— La vieille garce, la salope, la faux-cul ! » hurla Roy, pensant au naufrage de son bonus et de son triomphe.

La fille, une brune pimpante, le regarda d'un œil stupéfait.

« Pardon, monsieur ?

— Et allez vous faire voir vous aussi, glapit Roy. Ah, les bonnes femmes, je les hais ! »

AGATHA RAISIN ENQUÊTE
AUX ÉDITIONS ALBIN MICHEL

1. LA QUICHE FATALE
2. REMÈDE DE CHEVAL
3. PAS DE POT POUR LA JARDINIÈRE
4. RANDONNÉE MORTELLE
5. POUR LE MEILLEUR ET POUR LE PIRE
6. VACANCES TOUS RISQUES

Composition Nord Compo
Impression CPI Bussière en mai 2018
Éditions Albin Michel
22, rue Huyghens, 75014 Paris
www.albin-michel.fr
ISBN : 978-2-226-32996-7
N° d'édition : 22337/08 – N° d'impression : 2037123
Dépôt légal : juin 2017
Imprimé en France